U0940601

闲品《漱玉词》

李清照词传

孟斜阳 著

H.P.H
哈尔滨出版社
HARBIN PUBLISHING HOUSE

图书在版编目(CIP)数据

闲品《漱玉词》: 李清照词传 / 孟斜阳著 . —
哈尔滨: 哈尔滨出版社, 2015.2
ISBN 978-7-5484-1853-5

Ⅰ. ①闲… Ⅱ. ①孟… Ⅲ. ①李清照(1084~约1151)-宋词-诗歌欣赏 Ⅳ. ①I207.23

中国版本图书馆 CIP 数据核字(2014)第 095957 号

书　　名: 闲品《漱玉词》——李清照词传

作　　者: 孟斜阳　著
责任编辑: 金　金　王洪启
责任审校: 李　战
封面设计: 吕彦秋

出版发行: 哈尔滨出版社(Harbin Publishing House)
社　　址: 哈尔滨市松北区世坤路 738 号 9 号楼　　邮编: 150028
经　　销: 全国新华书店
印　　刷: 哈尔滨市石桥印务有限公司
网　　址: www.hrbcbs.com　　www.mifengniao.com
E-mail: hrbcbs@yeah.net
编辑版权热线: (0451)87900271　87900272
邮购热线: 4006900345　(0451)87900345　或登录蜜蜂鸟网站购买
销售热线: (0451)87900201　87900202　87900203

开　　本: 787mm × 1092mm　1/16　印张: 14.25　字数: 164 千字
版　　次: 2015 年 2 月第 1 版
印　　次: 2015 年 2 月第 1 次印刷
书　　号: ISBN 978-7-5484-1853-5
定　　价: 28.00 元

目录

Contents

引：人世间有百媚千红，我独爱你那一种

追怀古代红颜的悲情人生与心灵历程。

我站在猎猎风中，恨不能
荡尽绵绵心痛
望苍天，四方云动
剑在手，问天下谁是英雄

人世间有百媚千红
我独爱爱你那一种
伤心处，别时路，有谁不同
……

每每听到屠洪刚（别名屠洪纲）唱的《霸王别姬》，总是让人热血沸腾，一种男儿豪情油然而生。而那一句“人世间有百媚千红，我独爱爱你那一种。伤心处，别时路，有谁不同”，却又为悲壮情怀平添一份娇媚与苍凉。

自古美人爱英雄，所以平日里千娇百媚的虞姬到了四面楚歌、生离死别之际，毅然拔剑自刎，以身殉那心中所爱的悲剧英雄。

而每每这时，我却常常会听到一位弱女子发出的声音：

生当作人杰，死亦为鬼雄。至今思项羽，不肯过江东。

这声音来自孱弱而颓废的南宋时代，一位同样仰慕英雄的美丽女子。

如果她生在秦末乱世，一定会爱上项羽。因为偏安苟且的南宋君臣中竟然没有那样的真男子、大英雄，汉民族没有了悍勇的抗争血性。靖康之难时，堂堂大宋王朝的后宫三千佳丽和千万民间女子尽被异族掳掠而去，汉家女儿被玷污被侮辱，让青史蒙羞！

在《飘》中，美国南北战争时的斯嘉丽被称为“乱世佳人”，绝世红颜在离乱之中的辗转流离令人怜惜。霸王帐下美丽的虞姬当然也是乱世佳人，芳魂香消玉殒叫人叹息。而这位宋代的女子也是一位在兵荒马乱、国破家亡中度过一生的乱世佳人。

她美丽如花，她才情惊世，她心高于天，她叫李清照。

李清照，多么美丽的名字。她就像一轮宋朝的月亮，那清寒皎洁的光芒转朱阁，低绮户，照无眠，一直抵达今人的眼眸。

李清照，曾经是我少年时代一个摇摇曳曳、水袖云飘、顾盼有情的红颜之梦，一个美丽的古典幻象，一如昆曲《牡丹亭》中翩若惊鸿的杜丽娘，一如那大观园里冰雪般美丽娇弱的林潇湘。

其实，她不是杜丽娘，也不是林黛玉。她从那大宋繁华东京的《清明上河图》里走来，从白衣卿相柳七的“三秋桂子，十里荷花”中走来，从那“明月几时有，把酒问青天”的苏子身边走来。

她在那薄薄一册《漱玉词》的文字间轻轻一转身，花瓣一般洒落在了千年后的滚滚红尘。

初读《漱玉词》的时候，还是个青涩的十七八岁高中生，金庸、琼瑶和三毛正流行于菁菁校园，而学生间传抄李清照和李后主的词也是乐此不疲。

记得一位同班女生曾经在送我的一本精美笔记本上抄下了李清照的一首词：

蹴罢秋千，起来慵整纤纤手。
露浓花瘦，薄汗轻衣透。

见客入来，袜刬金钗溜。
和羞走，倚门回首，却把青梅嗅。

——《点绛唇》

一读之下，蓦然惊艳：这是一首让青春期男孩子读来怦然心动的词。

词中，这位想来也不过今天高中生年龄的官宦家少女，正在那后花园里荡着秋千。

花开三月，杨柳拂风，阳光轻盈地穿过繁密的枝枝叶叶照进了小院。暖洋洋的日子里飘荡着一丝娇慵温软的女儿气息，一丝青涩梅子的芬芳。玲珑文字之外好像听得见那来自秋千架上的清脆笑声。

不久，那秋千架上的少女就香汗淋漓，湿透衣衫，恰如娇嫩柔弱的花枝上缀着一颗颗晶莹的露珠。露浓花瘦，是春日风物，也正是那少女薄汗晶莹的姣美情态。

也许，这时正有那青衫白扇的少年书生到家里来。她害羞地急于回避，头上金钗斜溜，鞋子都来不及穿。少年望着她翩若惊鸿的去影，心里怅然若失。怎料她快走到闺门时却又回过头来粲然一笑，装作嗅着那枝头的青梅。其实她的一双莹莹妙目正悄悄打量着那少年的模样。目光闪闪烁烁，好奇中有几分笑意，也许还有几分戏谑。

怎当她临去秋波那一转，少女乍一回头的刹那风情，顿然让人心头一荡，好像也嗅到那一缕青梅的气息。

年轻时的情感是不需要理由的，仅仅这一首词就让人爱上了词中情窦初开的少女，也爱上了少女李清照。

从此，李清照在我心中永远是个露浓花瘦、春衫轻薄、情怀婉约的少女，永远是那个在秋千架上欢笑、衣袂飘扬的佳人，是那个倚门嗅青梅的女孩子。哪怕她隔了近千年的时空，哪怕她美人如花隔云端。

爱如果真需要理由，那么我独爱她名门闺秀的高雅气质；爱她秀外慧中，聪明如冰雪的才气；爱她多情婉约的女人韵味；爱她笔下玲珑文字后面晶莹剔透的美丽慧心。

是啊，人世间有百媚千红，我独爱你那一种。

追忆逝水年华，青春如歌，已然远去。

重读《漱玉词》，心头漾起的是别一番滋味。常常想起青春笔记本上那娟秀美好的字迹，常常想起那个遥远的诗一般的梦，想起那个白衣飘飘的年代。

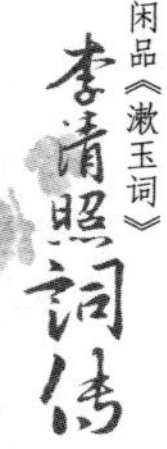

正如《漱玉词》是李清照一生的镜像影集。读李清照，是在读一个宋朝红颜的生命史诗，其实也是在读自己的青春时光。那些早已融入生命记忆深处的文字，常常在不经意处唤起对往事的回忆。所以，李清照的词其实不需要更多的解释，它们自身如同青花瓷一样精致，被心灵小心翼翼地收藏。这里的文字只是一个男人对一位古代红颜跨越千年的追慕，也是对自己青春岁月的缅怀、对一个美丽幻象唱的挽歌，也是一份阅读诗词时的心灵随笔。

尽管《漱玉词》的主人已经不在人世好多年，但那长长短短、平平仄仄的文字就是她留在世间的倩影。

于是一抬头间，我会发现，她并没有远去。她依然云鬓高挽，眉眼盈盈，隐隐有一袭书香盈袖。

是的，天空也许没有痕迹，但鸟儿曾经飞过。住世的文字便是她不朽的芳魂。

一、少女的天空

——欢乐自由的文字会跳舞

常记溪亭日暮，

沉醉不知归路。

兴尽晚回舟，

误入藕花深处。

争渡、争渡，

惊起一滩鸥鹭。

——《如梦令》

在遥远的记忆里，一个宋朝的少女划着轻舟，在重重叠叠的绿叶与红花间破浪而来。

那女孩子脸儿微红，妙目惺忪，似有醉意。然而，小舟却在莲叶藕花间盘桓难进，打着旋儿。她四下里张望，一脸迷茫，糟糕，迷路了。“争渡、争渡”，正当她奋力划桨催动兰舟时，四下里却扑棱棱惊飞了水滩边的大群水鸟。

望着那些纷纷拍着翅膀轰然起飞的大群野鸭和鹭鸶，少女却开心地咯咯笑了。那笑声在宋朝的天空飘荡，而西天的斜阳将一抹胭脂般的嫣红映在了少女如花朵般的笑脸上。

那真是如诗如梦的黄金岁月啊。

在水墨画一般的诗性荷塘里，少女李清照就这样活得像三月天的阳光一样灿烂，像天上飞过的鸟儿一样自由。

在大自然的怀抱里，她的天性就这样无拘无束地舒展着，就像那溪亭的一朵盛开的荷花，纯净而美丽。她的青春生命像一道雨后的虹，绚烂而灵妙。

记住，那是在宋朝的溪亭，济南城西的百亩荷塘里，从那里飞扬开来的欢快笑声穿越了千年的时光，清晰地传到我们的耳畔，也把一份纯真的快乐和明亮的心情传给了我们。让我们今天为生存而疲累而沧桑的心灵也像她一样变得快乐而年轻。

少女的情怀总是诗。李清照的一首《如梦令》，也许是一个古代婉约女子生命最初的开端。欢乐中溢出的是女性生命原生态的激情：纯净、无邪、明朗、亮丽。

读着这样流淌着欢乐的文字，心头就像跳起了一支摇曳生姿的华尔兹。吟罢一抬头，我眼前仿佛一个婷婷袅袅、身姿轻盈的少女正笑着从宋朝的荷塘边走来，一种忘情的欢乐在古典文字格律间轻舞飞扬。

据说少女李清照的这些闺中词流传出去后，轰动京师，“当时文士莫不击节称赏”。

只是，我总在想，少女清照“误入藕花深处”的一刻，曾经是怎样的忙乱，是怎样的迷茫，是怎样的无助。“争渡、争渡，惊起一滩鸥鹭”。多年以后回想起这一幕，她的心情也许是淡定而欣然，还有一丝对年少时光的怀念。

然而，“误入藕花深处”的那个少女，长大后又焉知会不会误入比那溪亭更大更深广的藕花深处呢？

误入一个变乱时代的红尘最深处，似乎注定是一个女人的悲剧宿命。

好了，我们还是收起这些沉重的话题。李清照现在还年轻得像一朵待放的花蕾，青春的藕花深处荡开的是一串欢快的笑声。

快乐着是美丽的。

年少时，我曾经很喜欢那种调子像阳光一样明朗清澈的诗词，喜欢那种晨露般清新而明亮的语句，喜欢那种自然朴素的风格。

五代词人李珣的一首《南乡子》就与李清照这首《如梦令》有着同样明朗欢快的调子：

乘彩舫，过莲塘，
棹歌惊起睡鸳鸯。
游女带香偎伴笑。
争窈窕，竞折团荷遮晚照。

看吧，一群欢声笑语的年轻游女正乘坐着彩船归来，在碧绿莲塘中穿行而过。她们的歌声和笑声惊起了一对对正在酣睡的鸳鸯。红绿相映的荷塘，加上被惊飞的鸳鸯，画面可谓“活色生香”。那些游湖的少女们相互依偎、笑语盈盈，各个都显得窈窕可爱。阳光炽热起来，她们折了一叶叶圆圆的荷叶来遮蔽那耀眼的晚照，水面

上支起了一把把碧绿小伞。

词中洋溢着女孩子们无拘无束、相互嬉戏的青春情趣。最后一句“争窈窕，竞折团荷遮晚照”，一个自然、妩媚而颇有情趣的动作表现了少女们的美好情态，像一帧清新优雅的人物小照深深留在人们的记忆里。

我相信，行走在南方的五代词人李珣一定深深爱上了那片土地，那些山水，那些花草，那些美丽的南方儿女。在他笔下，那些采莲少女青春的笑声、欢乐的歌声都那么生动、清新、明亮，像朝露，像溪泉。这让人不禁联想到《诗经》中传来的那些遥远古老歌声。

北宋词人晏殊也有一首意境相似的《破阵子》：

燕子来时新社，梨花落后清明。
池上碧苔三四点，叶底黄鹂一两声，日长飞絮轻。

巧笑东邻女伴，采桑径里逢迎。
疑怪昨宵春梦好，元是今朝斗草赢，笑从双脸生。

（参照《宋词大辞典》）

清明时节的一个片段。春日里，采桑女的心境也这般轻快，燕子飞、梨花落、碧苔生、黄鹂叫、柳絮轻，少女的欢笑荡漾在清明时节的天际，一幅充满生机活力的明净画面。

那些来自宋朝民间的少女在采桑路上相逢了。她们一边玩着斗草的游戏，一边叽叽喳喳地说笑不停。“我说呢，昨天夜里刚刚做了个好梦，肯定今天有好事发生。可巧，原来是我斗草赢了！呵呵。”

最后的“笑从双脸生”一句如同电影里的脸部特写，以一张巧笑盈盈的脸收束全篇，意犹未尽，令人难忘。

快乐着是美丽的。

李清照在少女时代，心情始终是那么明朗，那么轻松。哪怕在秋天也是愉快的：

湖上风来波浩渺，秋已暮、红稀香少。
水光山色与人亲，说不尽、无穷好。

莲子已成荷叶老，清露洗、蘋花汀草。
眠沙鸥鹭不回头，似也恨、人归早。

——《怨王孙》

人们都说“自古逢秋悲寂寥”，这首秋词却写得明朗而亲切，清新灵动，处处流露出年少不知愁滋味的少女情怀。

兰心蕙性的少女清照眼里，“湖上风来波浩渺，秋已暮、红稀香少”。湖水浩渺无际，水上芙蓉花都已凋零。这景象似乎是应当让人惆怅的。然而，“水光山色与人亲，说不尽、无穷好”，尽管秋暮红稀，但眼前的蓝天白云，明山秀水，一望无垠，仍那么令人心怡。这眼前的湖光山色依然令人欣喜，心头洋溢着一种说不出的亲切和美好。词句间似乎让人触摸到一颗纯真喜悦的少女之心。这里，她不说自己面对湖光山色感到亲切，反说“水光山色”与人亲近。正像李白所说：“相看两不厌，只有敬亭山。”也像辛弃疾词中的意韵：“我见青山多妩媚，料青山、见我应如是。”

“莲子已成荷叶老，清露洗、蘋花汀草。”莲子成熟，丰盈而充实，清露点点，滋润得花草丰茂。最后一句颇有些天真奇趣：“眠沙鸥鹭不回头，似也恨、人归早。”这些鸥鹭像是她的老朋友，只因为她马上要回家了，似乎生了她的气，都头也不回地飞开了。这种孩子般的稚气奇想，让人忍俊不禁，百般怜爱。

这首秋日湖上之作，写得笔致清妍，含情吐媚，宛如一幅湖上秋色图。清代词人彭孙遹《金粟词话》称赏清照词：“用浅俗之语，发清新之思”，这是“易安体”的本色。在她少女时代的这首小词中已然表露：“水光山色与人亲，说不尽、无穷好”，“眠沙鸥鹭不回头，似也恨、人归早”。口语入词，妥帖清奇，语词间藏有说不出的欣喜、快乐。将自己爱湖光色山的感情却说是“水光山色与人亲”；将自己的流连不舍用“眠沙鸥鹭不回头，似也恨、人归早”来表达，可谓曲尽人意。但此词又不同于一般婉约词的缠绵蕴藉，而直说“秋已暮”，径夸“无穷好”。不隐晦又不直白，既有景物的描绘，又有感情的抒发，既有隽永深长之味，又有敞亮欢快之情。

这样的秋日景象是美好的。这样的秋天在少女李清照的眼中也是单纯的、明朗的。这当然象征承平时期宋朝和平富庶，也来自官宦之家的庇荫，更缘于老父将她视若掌上明珠般的慈爱与宽容。所以，这个世界最初投给她的是一个温暖而亲切的怀抱，她回报给这个世界的是清新、健康、焕发青春活力的笑容。

这样的秋天，是人生中难得的爽秋，是令人情怀舒展的朗秋，是少女的秋天，是美丽人生的开始。

快乐着是美丽的。

欢乐的笑声是少女们的美容师，那是发自心灵深处的天籁之声，是生命最本真的原生态。

沾染了那些古代少女笑声的文字哪怕尘封千年，也一样在今天人们心中风生水起，活色生香。

二、绿肥红瘦

——后花园里的明媚与忧伤

昨夜雨疏风骤。
浓睡不消残酒。
试问卷帘人，
却道海棠依旧。
知否、知否？
应是绿肥红瘦。

——《如梦令》

我宁愿相信，这首词同样是少女李清照的心情笔记。

敏感而多情的青春期少女李清照，内心深处有着一份别样的寂寞与感伤。也许，她曾经在胭脂般红艳的海棠花下流连。那海棠花曾有“女儿棠”的美称，像极了娇慵美艳的少女。也许正是对着那海棠花，饮酒，吟诗，赏花。所以经过一夜雨疏风骤，她对那海棠花的命运委实有种忐忑不安的牵挂。问问那卷帘的丫头，却说园子里的海棠花儿还是老样子，没什么变化。李清照却无奈地一笑：知道吗？应是绿叶丰润，红花萎瘦。海棠虽好，风雨无情，它是不可能长开不谢的。

说完，也许她还会轻轻地叹息一声：难道我的未来会像那萎落的海棠花儿一样吗？

春天里的少女心境是明媚的，也是忧伤的。那些天边的流云，那些霎时的风，霎时的雨，那些阳光下曾经盛开的花朵却转眼间凋零。敏感、多情的心总会随着这些四季流转而悸动，随着花开花落、云卷云舒、鸟去鸟来而伤感。

这个时候的李清照一定正是那个骚动不安的年龄，正陷入一种说不清、道不明的迷茫和惆怅之中。她会忽而欢笑，忽而忧伤，忽而莫名地叹息，忽而叽叽喳喳，说个不停，忽而又沉默不语，静若处子。就像少年时曾经是儿时玩伴的女孩，曾经是同桌的那个爱笑爱哭的女生，就像那些穿着时尚衣裙走过街头斑马线的城市青春少女。

古今的青春少女没有什么本质的不同。她们都在豆蔻年华里成为人间风景。

少女李清照出身书香门第，有着天生的诗人气质，较之寻常民间女子自然又多了一份玲珑心。“苏门四学士”之一的晁补之曾经惊叹于她的才华。“诗情如夜鹊，三绕未能安”。诗情袭来的时刻，少女李清照就像那夜里的乌鹊，激动得不得了，内心的激情躁动不安，美妙的灵感拍打着翅膀热烈地包围着她，星光一样闪闪烁烁。让她非拿起笔洋洋洒洒写个酣畅淋漓才觉得痛快，才释然心安。

这样一个活得率性、元气饱满的生命，这样天性奔放自由的女孩子，在她萌动的青春期里，自然会见花动心、逢雨落泪。那些时光流转的细枝末节，那些人们时常忽略的地方，总是能牵惹着少女内心的潮起潮落。就像那后花园里的雨疏风骤，海棠花的绿肥红瘦，总让一位纤弱清瘦的少女心思婉转，多情牵挂。

谁也猜不透这个少女的心中所想，泪从何来。那卷帘的女孩子也是全然不知她在想些什么。

也许只有上帝知道，这个女孩子长大了，她的生命通体吸收了天地日月的灵气，一种生命本真的意识在悄然萌动、觉醒。

也许正是在这个时候，她还写下了一首《浣溪沙》：

小院闲窗春色深，
重帘未卷影沉沉，
倚楼无语理瑶琴。

远岫出云催薄暮，
细风吹雨弄轻阴，
梨花欲谢恐难禁。

窗外，那后花园里阳光灿烂，绿影幢幢，洋溢着一派深浓春色。阁楼中的少女却慵慵地懒卷重帘，任那楼阁之中暗影沉沉。她倚楼不语，轻拨瑶琴，琴声里传递的是一份深闺里的寂寞和默默的期待。期待着什么？她自己也许都说不清楚。

你看那缕缕轻云逸出了远岫，薄暮从四面轻轻合拢，更兼以细风吹雨，轻阴漠漠。让少女李清照敏感地察觉到：春深日暮，风雨袭来，那些树枝上雪白的梨花眼看就要凋谢了。那美好的春景就要结束了。

于是，瑶琴声里，透露出一份风雨之下惜花怜花之情，也透露出一份少女内心的隐秘忧伤。

这种对花开花落、时光流逝的忧伤与焦虑，也许常常在诗词中涌现。

“春眠不觉晓，处处闻啼鸟。夜来风雨声，花落知多少。”这是孟浩然的感受。对风雨春夜的落红满含怜惜之情，诗里跃然而起的是一颗仁者慈心。

“昨夜三更雨，今朝一阵寒。海棠花在否，侧卧卷帘看。”这是韩偓《懒起》中对落花的关切。然而如题所言，他仍懒懒地、舒适地侧卧在床上，只是卷帘一望而已，仪态慵闲从容。

与许多以红颜女子口吻写春愁秋感闺怨词的男性词人不同，李清照的词是从自身的女性生命体验出发，显得真实、细腻而深刻。在女性词人的作品里读不到那些男性词人假托的矫情和男性视角的赏玩态度，有的只是一种生命情感与渴望的真实书写，对自己命运体验的从容思考。

所以，少女的惜花之情直接与她对自身未来命运的关切联系在一起，那是一种莫名的寂寞与忧伤，指向生命最终的依归。那花就宛然是女人生命的一个隐喻，摇曳在红尘中，随风轻轻摆动，经历着一样的风雨和悲欢。

正如《古诗十九首》中《冉冉孤生竹》所道：“思君令人老，轩车来何迟？伤彼蕙兰花，含英扬光辉。过时而不采，将随秋草萎。君亮执高节，贱妾亦何为？”这里说的正是闺中女子对青春易逝的哀伤：蕙兰含英，蓓蕾初绽，如若此时不采，蕙兰也将随同秋草而凋萎了。郎君哪，不要错过了时光。我就在这里等待你那迎娶的轩车！

唐时的杜秋娘曾有一首：“劝君莫惜金缕衣，劝君惜取少年时。花开堪折直须折，莫待无花空折枝。”说尽了青春易逝，美丽难以保鲜。清人袁枚的《随园诗话》中有云：“有佟氏姬人名艳雪者，一绝甚佳，其结句云：‘美人自古如名将，不许人间见白头。’”这两句诗更写出了一种女人心中难言的悲怆。

美人迟暮，对古代红颜女子而言大概是永远难以挽回的悲哀。

不知为什么，读到这首绿肥红瘦的婉约词，会禁不住想起梅艳芳的那首《女人花》：

我有花一朵，种在我心中，含苞待放意幽幽
朝朝与暮暮，我切切地等候，有心的人来入梦
女人花摇曳在红尘中，女人花随风轻轻摆动
只盼望有一双温柔手，能抚慰我内心的寂寞
我有花一朵，花香满枝头，谁来真心寻芳踪
花开不多时啊，堪折直须折，女人如花花似梦

也许，才情过人的女孩子都有这种天生的敏感。记得同样是才女兼美女的林徽因讲过，十六岁的她在伦敦读书时，常常在下雨天一个人看着天井里滴落的雨水，寂寞无聊地遐想，遐想生活会出现奇迹，希望有个人来陪陪她。不料，真的有一位浪漫诗人叩响了林家寓所的大门，出现在白衣黑裙、学生短发的少女林徽因的生活里。那时伦敦的雨真像一个童话的梦境。

那么这雨疏风骤、绿肥红瘦的春日里，同样寂寞的少女李清照有谁来陪一陪呢？

在李清照这首《如梦令》词里，“绿肥红瘦”一语是照亮全词的精妙之笔。

“绿”是叶，“红”是花，是两种色彩的鲜明对比；“肥”形容雨后的叶子因水分充足而茂盛肥大，“瘦”形容雨后的花朵因不堪雨打而稀少零落，是两种情态和形状的对比。平平常常的四个汉字，这么一搭配组合显得如此色彩鲜明、生动可感。再一细想，那“红瘦”正好表明万紫千红的春天渐渐消逝，而“绿肥”象征着万木繁绿的盛夏即将来临。

黄了翁在《蓼园词选》中说：“一问极有情，答以‘依旧’，答得极淡，跌出‘知否’二句来。而‘绿肥红瘦’无限凄婉，却又妙在含蓄。短幅中藏无数曲折，自是圣于词者。”

《藏一话腴》有云：“李易安工造语，故《如梦令》‘绿肥红瘦’之句，天下称之。”

李清照笔下的随意一抹，嫣红可人的海棠花也从此有了个雅称：绿肥红瘦。

绿肥红瘦的女人花啊，在红尘中寂寞地开放，多情地摇曳，谁能安慰她内心的寂寞与孤独？

三、眼波才动被人猜

——初恋时的羞涩是粉红色的

绣面芙蓉一笑开，
斜飞宝鸭衬香腮，
眼波才动被人猜。

一面风情深有韵，
半笺娇恨寄幽怀，
月移花影约重来。

——《浣溪沙》

终于，少女李清照的爱情鸟飞来了。

这是她青涩的初恋，心头藏着那份暗暗的甜美与羞涩，那种心如鹿撞的慌乱，那种秋水般闪动的眼波，那份幽幽在怀的牵挂与眷恋。

就在这首《浣溪沙》里，透出了李清照在那最美好的年华里最隐秘的心事。我们惊讶地发现，她居然和情郎私下里幽会了。

少女李清照姣美的面庞宛如初开的荷花，斜插的宝鸭首饰映衬着如雪的香腮。天生俏丽的女孩子为了见情郎，暗暗精心地化妆修饰，美到了极致。

“绣面”，是唐宋时女性面额及颊上贴的纹饰花样。“宝鸭”也是宋代女子的流行装饰，是当时潮人们的时尚。可见，少女李清照出于艺术的敏感性，对生活是很讲究、很时尚的。

“眼波才动被人猜”真是神来之笔。“巧笑倩兮，美目盼兮”，美目流盼间，宛如弯弯明澈的秋水，闪动着少女内心的秘密，怕人猜，却又忍不住内心的喜悦，就这样春情无限，就这样爱意缱绻，像一朵水莲花不胜凉风的娇羞。

“一面风情深有韵，半笺娇恨寄幽怀”。

梦想终于照进了现实，沉浸在爱情中的少女心思常常一半是海水，一半是火焰。那时，她常常春风满面，走路都格外生风。一个人常常想着想着就会禁不住笑出声来。那个人的影子时时出现在她梦里，让她心魂相牵。于是，一灯如豆的书案前，洒金的粉红笺纸上，会出现一行行娟秀的文字。

女儿家的矜持话语间却时时不经意透出柔情，明明满心的依恋与真情却又生怕一旦说出会被对方轻慢。心头明明是浓得化不开的眷恋与牵挂，到了笔下却又冷静得让那个人摸不着头脑。

初恋时，他们都不懂爱情。

“月移花影约重来”一句，却无意将她的心事和盘托出。就像那《西厢记》里的崔莺莺与张生相约幽会：“待月西厢下，迎风户半开。拂墙花影动，疑是玉人来。”

一个情窦初开的少女迷失在她的爱情森林里，世界就都是粉红色的。

有人说，这首《浣溪沙》只不过是一个闺中少女的想象和虚构而已。

因为史籍中找不到一点她和情人幽会的记载。在颇重礼教的宋朝，一个未出阁的少女私下与人幽会是件很严重的事情，更不用说是当朝官员家的小姐。何况，李清照的才思早就在士大夫中传开，她在这方面稍有传闻，不可能不在当时的野史杂话中有所反映。

这是有道理的。古人的诗词中多有虚构想象之处。一个遍读诗书的小才女在自己的诗词中编一点小故事，来满足自己对爱情的渴望，也是可能的。

这时，我常常会想，如果这首《浣溪沙》里写到月下花前的相约，并非出自少女李清照的神往与想象，而是实有其事，那么，那位有幸得到才女兼美女青睐的幸运男子会是谁呢？

是那位才华与风度、家世与人品都算不俗的太学生赵明诚吗？

也许是，也许不是。我们只知道，十六七岁年纪的李清照已经春心萌动，已经有了心事：

淡荡春光寒食天，
玉炉沉水袅残烟，
梦回山枕隐花钿。

海燕未来人斗草，

江梅已过柳生绵，

黄昏疏雨湿秋千。

——《浣溪沙》

上巳节（农历三月初三），正是沐浴着阳光踏青斗草的好天气，也是闺中少女最欢快的日子。成群结队的女孩子穿着华服丽裳，纷纷走出深闺来到原野上、溪水旁，玩着斗百草游戏或是荡秋千。

看着那江梅已残，杨柳生烟，少女李清照的心头却总缭绕着一丝拂之不去的愁意。

原本性情活泼的、快乐似神仙的少女清照怎会有心事？这种春愁好似由来已久，但她偏不说，在词里一个字也不告诉你。只说她的朦胧思绪，说她的清宵梦想，只说那玉炉沉香的袅袅轻烟，说自己在山枕上那萦回不去的梦境，那些凋落的江梅，初生的柳絮。最后，哪怕看着你着急了，也只跟你说那些黄昏时分的疏雨打湿了她的秋千架，让你迷迷蒙蒙，一头雾水。

她的心事就是女孩儿家的秘密，偏不告诉你。猜去吧！

其实，少女李清照对季节是很敏感的。别忘了，她是位博览群书、过目不忘的小才女。而她最喜欢读的那些书，一定是诗词。自古“词为艳科”，晚唐五代的《花间词》、南唐词大多是写风花雪月，而清照所处的宋朝更是盛极一时，柳永、秦观、晏殊、晏幾道等人无不善写男女恋情之词。

久习诗词，岂不会绮想联翩，“每日家情思睡昏昏”，名门闺秀，倾城之貌，如花似玉，冰雪才情，天生丽质岂会自弃？也许正是这些诗词，完成了最初的情爱启蒙。

这时，一个叫赵明诚的年轻公子走进了她的生活。

年龄只比李清照大三岁的赵明诚正在太学里求学。而京师太学里多的是当时一流的文人墨客，也多的是官宦人家的子弟。读书累了，闲时想来也少不了要八卦一点文人圈子里的新鲜事。那些自命风雅的文人更少不了要私下品评一番风流韵事，诸如某相府里的千金如何美貌、某御史家的小姐如何有才情，而早有才名的李清照肯定是其中最引人注目的。

王灼《碧鸡漫志》中说李清照“自少年便有诗名，才力华赡，逼近前辈。在士大夫中已不可多得”，这样的评价不可谓不高矣！与李清照同时期的朱弁在《风月堂诗话》中说，李格非的女儿善属文，于诗尤工；晁补之也经常向士大夫们称赞李清照。可见在当时的文人圈子里，李格非家有位待字闺中、才貌俱佳的小才女是众所周知的。李清照的父亲李格非曾在太学为官，可能还在太学里教过书。他家有位才貌双全的女公子，太学里的一班才子们不会不知道。

于是，好奇心大起的赵明诚便拜读了出自才女笔下、流传一时的那些华美篇章。一读之下，免不了像少年时的我一样，心头只刻下四个字：惊才绝艳。

窈窕淑女，君子好逑。于是，这位翩翩赵公子便怦然心动，爱慕之心如滔滔江水延绵泛滥起来。

据元代伊世珍《琅嬛记》载：赵明诚幼时，其父将为择妇。明诚昼寝，梦诵一书，觉来惟忆三句云：“言与司合，安上已脱，芝芙草拔。”以告其父，其父为解曰：“汝待得能文词妇也。‘言与司合’，是‘词’字；‘安上已脱’，是‘女’字；‘芝芙草拔’是‘之夫’二字，非谓汝为词女之夫乎？”

说的是赵明诚少年时曾经做过一个神奇的梦，在梦里读过一本书。等醒来时，那书上写的内容多忘记了，只记得三句：“言与司合，安上已脱，芝芙草拔。”他将这个奇怪的梦告诉了父亲赵挺之。父亲想了想，给他解释道：“这‘言与司合’是个‘词’字，‘安上已脱’是个‘女’字，‘芝芙草拔’是‘之夫’之意。合起来就是‘词女之夫’。难道上天要安排你做女词人的丈夫吗？”

这则小故事有点神异色彩，所以今天的人们多不采信。其实，即使是假的，也是古人的一种娱乐八卦。谁叫李清照才华那么高、名气那么大呢，谁叫赵明诚和李清照这一对金童玉女的爱情那么引人注目、让人羡慕呢？这个八卦故事其实为他们的爱情增添了几分浪漫与神奇的色彩。

那么，如果知道未来会和一个锦心绣口、才貌俱佳的女词人成为夫妻，少年赵明诚会是什么感觉？

其实，我觉得更有可能的是，赵明诚对早已才名在外的李清照先起了倾慕之心，想取得父亲的同意，于是就有了上面那一则故事。要知道，他父亲赵挺之可是新党的中坚人物，而李清照的父亲李格非却出自旧党苏轼门下。北宋后期，新旧两党之间的党争已是水火不容。在这种情况下，如果父亲不同意，赵李两人极有可能上演一场中国宋代版罗密欧与朱丽叶式的悲剧。

在那个时代，若是一般的年轻文人，面对笼罩着明星光环的才女李清照，多多少少是有点心理障碍的。这个女孩子名气太大，才情又高，家世门第也是如此显贵。谁有这个勇气去独得芳心呢？

而赵公子却偏要摘下众人眼中那朵最美的花，可见少年赵明诚也是自视颇高，眼光、胆识均是不俗。

赵明诚出身于官宦之家，也是书香门第。他父亲是当时朝廷新党的中坚人物，时任吏部侍郎的赵挺之，后官至宰相。赵明诚从小就饱读诗书，喜欢舞文弄墨，尤其喜欢收藏古代的金石刻录文字，甚至到了痴迷的程度。由于这一爱好，他的交游也甚为广泛。他十八岁时，咸阳出土了一枚古代的传国玉玺，当时朝中的“将作监”李诚亲手拓印了两份，其中就有一份送给了赵明诚。可见他当时在收藏界也是小有名气的。

这样一位儒雅君子，是否是那位天性自由、才情卓异的少女梦中的情郎？

于是，我们想起了前面开头提到的那一首《点绛唇》：

蹴罢秋千，起来慵整纤纤手。
露浓花瘦，薄汗轻衣透。

见客入来，袜刬金钗溜。
和羞走，倚门回首，却把青梅嗅。

无忧无虑的少女李清照从秋千架上下来，将发酸的纤纤小手揉了揉。这时的她香汗淋漓，轻衣微透。忽然，她听到了有客人进来，急忙躲避，连鞋子都来不及穿，只穿着袜子走开了。她头上的金钗也失落了，头发微乱。在临进门的那一刻，她忍不住要回过头瞧瞧来人是谁，却装作是在嗅着那一边的青梅。

这个天性率真任性的女孩子怎会如此紧张、害羞和失态？可见这客人不是一般的人，否则她也不会专门写下这首词。

那么，前来的客人是否就是儒冠青衫、浑身散发着书卷气息的书生，那位眉清目秀、养尊处优的公子赵明诚？

总而言之，我相信，在某个机缘天定的时刻，赵明诚和李清照应是有过一面之缘的。为睹梦中“词女”的风采，赵明诚其实并不难找借口，因为李清照的父亲李格非前不久还是太学学官，还很可能为赵明诚上过课。

有道是“金风玉露一相逢，便胜却人间无数”。那个时刻，我们美丽的李清照才十七岁，却生得“绣面芙蓉一笑开，斜飞宝鸭衬香腮”，站在人前亭亭玉立、明艳照人，顾盼间，“眼波才动被人猜”。

“怎当‘她’临去秋波那一转”，美人的秋波流转顿时倾倒了那位太学里的翩翩书生赵明诚。

《西厢记》里说到张生见到崔莺莺那回眸一瞥后，便“空着我透骨髓相思病染”。一个七尺男儿无法抵挡美女“临去秋波那一转”，真是惊鸿一瞥，摄人心魄！

我们的赵公子只怕也同样被“电”得不轻。

那么，少女李清照呢？在她眼里，这位赵公子是否打动了她的心？

“一面风情深有韵，半笺娇恨寄幽怀，月移花影约重来。”

无论这幽会是真是假，可以肯定的是，她对这位曾经有过一面之缘的意中人有着不一般的好感。

那一天，闭目在经殿香雾中，蓦然听见，你诵经中的真言；
那一月，我摇动所有的轻经筒，不为超度，只为触摸你的指尖；
那一年，磕长头匍匐在山路，不为觐见，只为贴着你的温暖；
那一世，转山转水转佛塔啊，不为修来生，只为途中与你相见。

——《那一天》（节选）

李清照的爱情是人性舒展的、水到渠成的，是诸般因缘的殊胜圆满。

“月上柳梢头，人约黄昏后。”那一刻，她遇到了生命的神祇。不必猜那位幽会的男子是谁，少女的爱情在那一刻如月之静美圆满。

月亮一样美丽多情的李清照，最后是谁娶了多愁善感的你，谁将爱笑的你拥入怀中，谁将你的长发盘起，谁给你做了嫁衣……

四、云鬓斜簪，徒要教郎比并看

——我才是你最美丽的新娘

卖花担上，买得一枝春欲放。
泪染轻匀，犹带彤霞晓露痕。
怕郎猜道、奴面不如花面好。
云鬓斜簪，徒要教郎比并看。

——《减字木兰花》

“如何让你遇见我，在我最美丽的时刻。”这是记忆里很久以前读到的一句诗。女人总是愿意把最美丽的一面留给自己最爱的人。

那是大宋建中靖国元年（公元1101年），繁花似锦的阳春里，明眸如水波流转，腰肢似柳枝轻摇，十八岁的李清照终于走出了深闺，乘一顶花轿，攥着一角衣襟，轻轻跨入了赵家的府邸，走向一个年轻男子的怀抱。也许，从这一刻起，这个世界对于她有了完全不同的意义——她已经是那个叫赵明诚的年轻男人的娇妻了，而二十一岁的赵明诚也终于圆了当年那个“词女之夫”的梦。

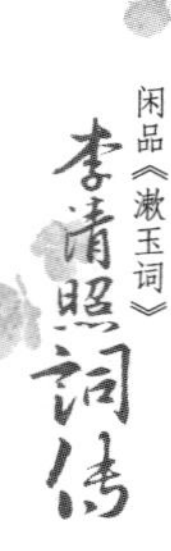

婚姻，对一个女人的意义，也许就像是给了她一个全新的世界。

当夜如黑色锦缎般
铺展开来，而
轻柔的话语从耳旁
甜蜜地缠绕过来
在白昼时
曾那样冷酷的心
竟也慢慢地温暖起来

就是在这样一个
美丽的时刻里
渴望
你能
拥我
入怀

——《美丽的时刻》（中国台湾·席慕蓉）

这是女人最幸福的时刻，也是最美丽的时刻。

新婚宴尔，春宵初度，真是令人心醉的美好时光。爱的热烈与温存，让这个叫李清照的宋朝女子的生命显得充盈而丰满。夫君赵明诚才学丰赡，温良儒雅，完全符合了她少女时代对未来情郎的期待。

这个幸运极了的女人，自小被慈爱的父亲当作掌上明珠，百般疼爱着；长大了，又被这位如兄如父的夫君满怀怜爱地哄着、宠着。一种深深的满足让她感到了做女人的幸福。她浪漫爱美的天性

如济南的泉水一样放纵恣肆地流淌。

如果我们走进宋朝的都市，常常会看见一些挑着卖花担子走街串巷的人。他们一肩春色、一担花香，给繁闹的都市增添了无限生机。于是，爱美的李清照买下一枝最鲜最美的花儿。这枝花给她带来了满心的欢悦，让周遭的空气都变得润泽而芬芳。花朵上披着通红的朝霞，带着晶莹圆润的露珠，在新嫁的李清照眼里特别可人。

你看，这花儿还带着泪珠呢。它似乎刚哭泣过，被人从树上折下，现在到了这么个陌生的地方，泪痕点点。这花上的晶莹泪珠，让她想起了自己在迎亲队伍喧闹乐声中告别老父、辞别亲人时的情形，她的眼睛又红了：这花儿也是一个新嫁娘，和自己一样到了新家。

不过，一想到昨夜的温存和体贴，想到那个温暖的怀抱，她的心情转瞬间又好了起来。有他，她并不孤独。对，把这刚买的花儿让他也看看。

“怕郎猜道、奴面不如花面好”，生动写出这位新嫁娘百转千回的女儿心思。花儿虽好，可要是那个他说这花比我还好看呢？那多没面子。于是，心有千千结的新娘就在镜子前，把花儿斜簪在鬓发上，“照花前后镜，花面交相映”，前前后后看了个够。然后跑到新郎那里，摆出几个风情万种的姿势，非要让他看看到底是花美，还是人更美。

也许，此举在夫君赵明诚眼里有些幼稚。这位让人倾慕已久的才女，还是个需要他去哄去宠、天真未泯的小女孩儿。

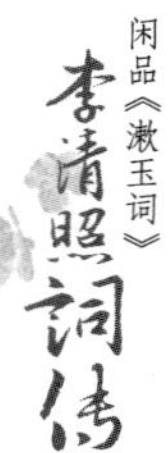

然而，这位质朴宽容的夫君哪里知道，如冰雪般聪明的李清照其实是要提醒他，要把她永远放在手心里轻轻呵护：在这个世界上，只有她才是最美丽的女人。要让她不受一点点委屈，不对她说

一句不中听的话，要永远把她当作手心里的宝。

结果是可以想到的，她的诡计应该是得逞了，一定从他的嘴里听到了她最想听的话，如风柔，如蜜甜。

“我漂亮吗？”“在你心里，我是不是最美的？”“你爱我吗？”“我是不是你心里最爱的人？”这是恋爱中女孩子百问不厌的问题。只要男孩子有丝毫的犹豫，她心里就再也没有晴天。当然，只要男孩子永远做肯定的回答，她就会有一种可靠的温暖与安恬，会开心愉快地度过每一天。

夫君也许应该如是回答：“花当然很美。”他故意顿了顿，于是李清照紧张地盯着他，刹那间感到惊心动魄。

“但人更美！”

峰回路转，她娇笑一声，嗔怒道：“好啊，你真坏！”

李清照，那个心思婉转、敏感多情的女才子，在得到夫君肯定的回答后，就开开心心跑到书房，写下了这首《减字木兰花》。

她要把生命中最美好的东西记下来，就像那些收集花蜜的蜜蜂，一点点收藏生活中的甘美与香甜。停笔的那一刻，也许她会感谢上苍。“今后，一定要对夫君好一点。”她想。

汉朝的张敞说：“闺房之乐，有甚于画眉者。”读过这首写于千年之前的美丽宋词，我们只有点头称是。

编辑过《漱玉词》的赵万里曾指出，这首词“词意浅显，亦不似他作”，认为《减字木兰花》不是李清照的作品。其实，这首词清丽活泼，明白如话，正是“易安体”的本色。更重要的是，李清照本人的个性气质也正是这样娇俏任性，活泼烂漫。

唐朝无名氏有一首《菩萨蛮》：

牡丹含露真珠颗，美人折向庭前过。
含笑问檀郎，花强妾貌强？

檀郎故相恼，须道花枝好。
一向发娇嗔，碎挼花打人。

这里的美人折花问情郎："花强妾貌强？"那位情郎故意说是花好看。于是美人假装生气了，把花揉碎了撒向情郎。这里的美人与檀郎当然是在打情骂俏。

李清照的词意显然是从这首词中化用而来的，但却显得更加雅致，更加含蓄。千年后的今天，从这首词里，我们读到的是新婚的欢乐与甜蜜，是儿女情长的撒娇与雍容，也读到那位新娘子对自己美貌的自信与骄傲。

沉浸在新婚甜蜜中的女孩子，心情当然是欢快的，所以就有了买花赏花的兴致。而将那朵刚摘的鲜花"云鬓斜簪"，更是要让花儿来打扮自己。而打扮自己是因为需要有人来欣赏自己、赞美自己。更重要的是，"女为悦己者容"，她要把自己的美丽献给她爱的人和爱她的人。

初尝新婚的甜美，小女子当然更有一种"小心眼儿"：她一定要获得情郎全身心的爱。所以对一切能与自己争美比美的事物都隐隐怀有一种本能的妒意，哪怕只是一朵花。天性自信又好强的李清照当然不能输，不愿输，而这一切又最终出于对夫君深深的爱恋。

事实上，以今天的眼光来看，十八岁的少女在心理、性格上并

未完全成熟，还常常在父母怀里撒娇。但在宋朝那样一个“父母之命，媒妁之言”的时代，婚姻生活的突然到来使十八岁的少女瞬间改变了生活环境，来到一个陌生的地方，以全新的角色出现在丈夫家庭里，面对着公公、婆婆和叔伯姑嫂，要担负起为人妻的责任。这样的角色转换对一个没有多少社会经验的少女来说，往往是一个重大的挑战。这时，只有朝夕相伴的夫君是她最依恋也最依赖的人。正是在这样的情境之下，她会感到那朵鲜花上的露珠是“泪染轻匀”，会担心“怕郎猜道、奴面不如花面好”，于是“云鬓斜簪，徒要教郎比并看”。在她与花比美的背后，让人感受到的是一丝甜蜜的柔情，一种烂漫的天真，同时也有一丝娇怯和担心，一种渴望得到认同和赞美的期待。

我想，赵明诚应当是懂得欣赏这位小娇妻的美的，也懂得她那满含爱意的千千结、玲珑心吧。

因为懂得，所以宽容如兄长，所以对她宠爱有加。

所以，与那些婚姻不幸的红颜相比，李清照又何其幸运！

记得在《小团圆》中，张爱玲写与胡兰成热恋，说：“时间变得悠长，无穷无尽，是个金色的沙漠，浩浩荡荡一无所有，只有嘹亮的音乐，过去未来重门洞开，永生大概只能是这样。”

是的，李清照与赵明诚的倾城之恋也是如此。

于千万人之中遇见你要遇见的人，于千万年之中，时间的无涯荒野里，没有早一步，也没有晚一步，刚巧在大宋建中靖国元年赶上了。没有别的话可说，唯有轻轻地问一声：“你也在这里吗？”

于是，他们牵起了手。“执子之手，与子偕老。”

禁幄低张，彤栏巧护，就中独占残春。

容华淡伫，绰约俱见天真。

待得群花过后，一番风露晓妆新。

妖娆艳态，妒风笑月，长殢东君。

东城边、南陌上，正日烘池馆，竞走香轮。

绮筵散日，谁人可继芳尘。

更好明光宫殿。几枝先近日边匀。

金尊倒，拼了尽烛，不管黄昏。

——《庆清朝慢》

这是明媚春光里绽放的牡丹，红艳、硕大、妩媚，如同新婚不久的美丽少妇。

李清照与丈夫赵明诚新婚宴尔，在京城游春野、赏名花应是常事。那时的李清照初尝幸福滋味，沐浴爱情的阳光，也正如一朵含苞待放的牡丹花。

在她眼里，那些牡丹花开放在帷幕垂张、朱栏环护之中，占尽了春光。素净淡雅的容华，轻盈柔婉中透着天真自然之美。群花开尽后，历经风拂露染的牡丹格外妩媚动人。妖娆的姿容，戏风嘲月，尽情地引逗着司春之神，令那已将尽的春天也流连止步。（“殢”有滞留、纠缠、沉溺之意。）

你看那城东南郊，池台楼馆边，日照花颜，暖意融融。赏花的人熙熙攘攘，车水马龙。词人在沉醉于赏花盛事时忽又感伤起来。这世上没有不凋的花朵，也没有不散的筵席，盛宴过后，下一次又轮到谁来承续这一脉芳尘呢？是“兴尽悲来”，还是这景象触动了心底的隐痛？当郊外赏花的热潮渐渐消散，明光宫苑的几枝牡丹还在阳光下盛开，足可挽留一段春光。趁这花事未了，再举金樽一饮而尽，再点亮残烛，休顾是否金乌西坠，暮色来临，且将赏花乐事进行到底。

汴梁自古风物繁华。《东京梦华录》中说：“御沟水两道，宣和间尽植莲荷，近岸植桃、李、梨、杏，杂花相间，春夏之间，望之如绣。”宫城壮丽，街市喧闹。大相国寺香火鼎盛，金明池、琼林苑，“宝砌池塘，柳锁虹桥，花萦凤舸。其花皆素馨、末（茉）莉、山丹、瑞香、含笑、射香等闽、广、二浙所进南花。有月池、梅亭、牡丹之类。诸亭不可悉数。”真是一派风月繁华。

这首长调赏花词，当是写在牡丹盛开之时，汴梁城东南陌之处，明光宫苑之中，李清照与同游的夫君乘香车出游，游东城，过南陌，入池馆，对花倾觞，自朝至暮直到秉烛，兴致盎然。可见，李清照的婚姻生活多么优雅、快乐！牡丹的美艳娇媚，赏花人的愉快心境都在词中展露无遗。有道是“唯有牡丹真国色，花开时节动京城”“容华淡伫，绰约俱见天真”“妖娆艳态，妒风笑月，长殢东君”，词中处处以花拟人。清照笔下的牡丹仿佛是一位顾盼生媚、倾国倾城的绝代佳人，令人心旌摇荡。“东君”是神话中五方天神里的东方神君，东君主五行中的木，又称司春之神。下片续写郊野赏花盛况，却又一笔带出词人对花事难续、时光易逝的担心，而结尾极写借酒助兴、秉烛赏花的逸兴豪情。

细细品读中，你是否感到那牡丹花渐渐幻成了一位正值青春年华却敏感多情的绝代佳人呢？

她姿容美艳，倾国倾城；她妖娆妩媚，引风逗月；她敏感多情，感时伤怀；她觥筹交错，逸兴遄飞。

她是一朵沐浴春光、花开绚烂的牡丹，是一位沉浸在甜蜜与幸福中的如花女人。

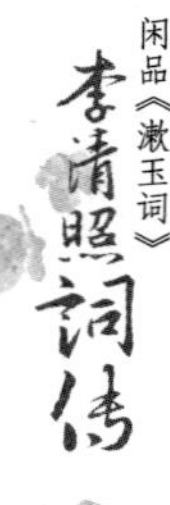

五、笑语檀郎，今夜纱厨枕簟凉
——来吧，亲爱的

晚来一阵风兼雨，洗尽炎光。
理罢笙簧，却对菱花淡淡妆。

绛绡缕薄冰肌莹，雪腻酥香。
笑语檀郎，今夜纱厨枕簟凉。

——《丑奴儿》

这首词据说是李清照在新婚的第二天写的。

盛夏的夜晚，雨水洗尽了暑热，清凉的晚风里，一位丽人刚刚弹过瑶琴，便又对着镜子描眉抹唇，化了一层淡淡的晚妆。尽管淡妆素抹，却显得格外清丽动人："绛绡缕薄冰肌莹，雪腻酥香。"

绛红薄绡的透明睡衣朦朦胧胧，雪白肌肤绰约隐现，醉人的幽香阵阵袭来。写出了一位新婚少妇的妩媚与性感，魅力无法阻挡。尤其令人销魂的是最后一句："笑语檀郎，今夜纱厨枕簟凉。"佳人一声轻笑，轻启朱唇："郎君，今天晚上的竹席可真凉爽啊。"这充满诱惑的暗示，相当于现代人在这样的情境里常说的："来吧，亲爱的。"

这首词写得十分香艳，卿卿我我的儿女情态跃然纸上，称得上是风情无限。"理罢笙簧，却对菱花淡淡妆"，弹琴、理妆这两个动作在这里似乎有着特别的意味。李清照从小就聪明伶俐，无所不通，音乐修养也颇高，弹琴自然也是行家。而在古时，如果是一个人在大自然里弹琴，则是在舒畅怀抱，放逸豪情；而在室内孤独地弹琴，则是抒发孤独寂寞的情怀。如果一个新婚的女子对着夫君弹琴，显然是两情相悦、以琴传心的默契。弹琴已罢，又到镜前细细理妆，颇有些暧昧的味道，那细细描画的每一笔都透着微妙的期待。直到下一句"绛绡缕薄冰肌莹，雪腻酥香"才明白，这轻薄微透的打扮正传递着她内心深处对爱的渴望。

"笑语檀郎，今夜纱厨枕簟凉。"这一句对着檀郎的笑语，大概多少有些忸怩，有些不好意思，脸现绯红。此时，"枕簟"则是一个多少有些狎昵的意象。这里的"凉"无疑是盛夏时节炎热中的清凉，是一种快意的凉。同时，"枕簟凉"三个字无疑透出了想与爱郎赵明诚共度良宵的意味。

"檀郎"是指西晋的美男子潘岳（潘安）。潘安姿仪秀美超群，小字檀奴，后被人称为"檀郎"，这里的檀郎是情郎的代称。到了唐代，人们常以檀郎称婿。《晋书·潘岳传》说，潘檀奴年轻时常常挟弹出游，走在洛阳大道上，倾慕他的女子围成一圈来围观，纷纷抛果子给他，一时"掷果盈车"，满载而归。"檀奴"或"檀郎"后来成了文学作品中俊美情郎的代名词。唐朝诗人罗隐《七夕》诗云："应倾谢女珠玑箧，尽写檀郎锦绣篇。"这里"檀

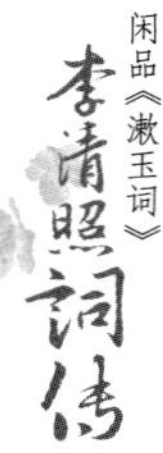

郎”是对郎君的爱称。也有自称为“檀郎”的，李煜《一斛珠》中描写自己的娇妻娥皇时就曾这样写道：

晓妆初过，沉檀轻注些儿个。向人微露丁香颗，一曲清歌，暂引樱桃破。

罗袖裛残殷色可，杯深旋被香醪涴。绣床斜凭娇无那，烂嚼红茸，笑向檀郎唾。

结句“烂嚼红茸，笑向檀郎唾”，意为“她嚼烂了红线绳，笑着向我吐了过来”。笔下娇俏活泼的小女儿情态生动形象，惹人喜爱。

词坛素有“男中李后主，女中李易安”之说，而两人在描写闺中生活方面也都是颇有情趣的。

从《漱玉词》中的作品来看，李清照的诗词写作与她的生活状态几乎是同步的。每一首词都像是她的一则私人日记，字里行间将她的心理感受和情感体验释放得淋漓尽致。她就这样点点滴滴地收集着一个红颜的歌与笑，悲与忧。

在这首《丑奴儿》里，这位古代红颜的婚姻生活，却并非像我们想象中那样仅仅是温柔贤良，低眉顺服。新嫁的李清照竟那样有激情、有个性，把二人世界的闺中生活挥洒得风情万种。这样的描写也许会让道学家大跌眼镜。

“理罢笙簧，却对菱花淡淡妆。”她的情趣是高雅的，前面的《浣溪沙》中就有一句“重帘未卷影沉沉，倚楼无语理瑶琴”，可见她在少女时代就善于弹琴。弹琴后又对着菱花铜镜薄施淡妆。也许赵明诚就在她身后相偎而立，欣赏着妻子的妆容。

"绛绡缕薄冰肌莹，雪腻酥香。"一个女词人敢于这样描写自己，足见她对自己容貌和魅力的自信。也许女性天生都有些自恋，但更重要的是这其中也包含了她对生活的一份热忱，对自己青春容颜的珍惜。当然，还因为在她身边有一位爱恋她容貌、倾慕她才华的夫君。"女为悦己者容"，来自一个男人的欣赏和迷恋，才是她打扮自己的动力。

"笑语檀郎，今夜纱厨枕簟凉。"这两句是写和夫君在一起时的情热缠绵。霎时间，软玉温香，浓情蜜意，尽在那枕簟之上，唇齿之间。

你看，李清照是多么大胆，将闺中的夫妻生活写得如此摇曳多姿！

在我们的印象里，宋朝是个礼教森严、道学气息浓厚的时代。程朱理学所谓"饿死事小，失节事大"的观念开始慢慢在民间确立。就是在这样一个时代，李清照率真自由的个性显得格外突出。

中南大学的女教授杨雨就颠覆了人们心中那个"不食人间烟火"的李清照形象。在她的解读下，李清照虽然长得漂亮，又有才华，但也好酒、好色、好打马（麻将的前身）。其实，她说得倒也有理有据，只是过分夸大了。一位四川作家刘小川也认为李清照"情浓""欲烈"，并且列举了李清照的若干词为例。其实，我们细品一下《漱玉词》，会发现李清照是个性情中人，本质上也是一位知书达理的淑女。

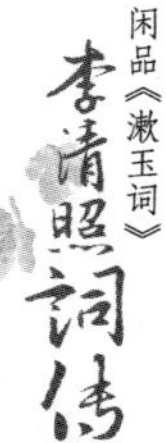

其实，在当时就有不少词评家对她颇有微词。如与李清照同时期的王灼在《碧鸡漫志》中说道："闾巷荒淫之语，肆意落笔。自古搢绅之家能文妇女，未见如此无顾忌也。"即使在同样的才女群中，李清照的个性与才华也是非常突出、夺人眼球的。

那么，何以致之？为什么会这样呢？

我想这与她自幼生长在宽容自由的家庭环境中有关。李清照的父亲李格非也是一位颇有才名的文人，而且是当时文坛领袖苏轼门下的“苏门后四学士”之一。李清照先后两位母亲王氏都系出名门，有很高的文学修养。清人陈景云曾将李格非、李清照父女二人，比作蔡邕、蔡文姬父女。他说：“其文淋漓曲折，笔墨不减乃翁。‘中郎有女堪传业’，文叔之谓也。”缪钺先生也称赞：“易安承父母两系之遗传，灵襟秀气，超越恒流。”书香门第出来的大家闺秀李清照学识才华自不必说，更重要的是她有着不同凡俗的个性。这一点，我想更多地与她父亲有关。

李清照的父亲李格非，字文叔，为人耿介，是北宋著名的学者和散文家。李格非中过进士，官至礼部员外郎。著述颇丰，因战乱多散佚。有《洛阳名园记》传世，详细描绘西京洛阳的十九处名园，记述翔实，行文简洁，富于诗意，有较强的艺术感染力。其文以小见大，由近及远，纵论天下兴衰。北宋末年，名公巨卿在汴梁、洛阳辟豪园无数。李格非指出“园圃之废兴，洛阳盛衰之候也”“洛阳之盛衰，候于园圃之废兴而得”。后来金人入侵，洛阳所有的名园烧成焦土，应验了李格非的预言。南宋士子每诵《洛阳名园记》，无不涕泗纵横。

李格非以散文受知于当时文坛领袖苏轼，时称“苏门后四学士”，深受苏东坡名士气质的影响。苏东坡是个随遇而安、心性洒脱、不拘一格的人。文风也是浪漫奔放，不拘成俗。更重要的是，苏东坡在思想上崇尚真性情，推崇人格的自由，反对压抑人的天性。李格非当然也是耳濡目染，心境开阔。据说，李格非很是追慕魏晋“竹林七贤”之一的刘伶和后来的陶渊明。刘伶是著名的“酒神”，曾著有《酒德颂》，大受李格非赞赏。李格非称赏其文“字字如肺腑出”。其为人、性情由此可见一斑。

反映在家庭教育中，就是给予儿女们宽松自由的成长环境，使他们的身心自由成长，天性不受压抑、不被扭曲。特别是当李格非得知女儿具有极高的文学天赋后，没有囿于“女子无才便是德”的观念，而是任其自由发展天性和才能。可谓是一位深具爱心的“慈父”。

所以，李清照能快活地荡秋千；能喝酒，“沉醉不知归路”；能“诗情如夜鹊，三绕未能安”，能够与父执辈的文人们诗词唱和。待到成年，李清照自然出落得与众不同。

在其他女性都羞于启齿的家庭夫妻生活方面，李清照也是率性而为，敢于向夫君主动地进行爱的诱惑和暗示：“笑语檀郎，今夜纱厨枕簟凉。”可见，即使在夫妻生活中，李清照也是主动的一方。更令人称奇的是，李清照还敢把这些场景和感受形诸笔墨，写得一派活色生香。只因为她写出了真性情，活出了真自我。

在这一点上，李清照更像是生活在我们这个时代的女性。她在词作中流露出来的那种气质和个性，更像今天那些活出了真我的时尚女性。

卢照邻有诗云：“得成比目何辞死，愿作鸳鸯不羡仙。”

新婚少妇李清照是幸福的，也是幸运的。一朵花在该开放的时候开放了，甜美的爱情在该来的时候来了。

正如梁衡先生在《乱世中的美神》中所说，李清照的爱情不像罗密欧与朱丽叶，也不像梁山伯与祝英台，没有那么多惊险跌宕的情节。命运只是让幸福在该来的时候来了，让这个宋朝女子在青春

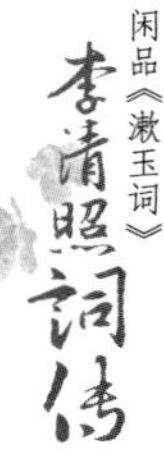

年华里尽情地享受激情与快乐。

其实，在李清照与赵明诚的情感生活中，除了夫妻间朝夕相处、耳鬓斯磨的恩爱与缠绵，还有一层当时平常人家夫妻所未必具有的情感基础：两人还有着共同的兴趣爱好。无论是读书论文，还是作诗填词；无论是金石刻录，还是鉴赏品味文物字画，两人都如痴如醉。

据李清照晚年所写的《金石录后序》记载，每到初一、十五，夫妻俩就去当铺典当衣物，换来五六百钱，然后一起去汴梁有名的大相国寺逛文物市场。那里汇聚了不少古今名人的金石碑刻字画。赵明诚夫妻二人拿着典当来的钱，在这里精心选购。回家后认真把玩、欣赏、考辨。两人沉迷其中，其乐融融。这情景像不像两个大孩子在一起玩“过家家”？

又记：“尝记崇宁间，有人持徐熙《牡丹图》求钱二十万。当时虽贵家子弟，求二十万钱岂易得耶？留信宿，计无所出而还之。夫妇相向惋怅者数日。”崇宁年间的一天，有人拿来南唐著名画家徐熙的一幅《牡丹图》，向夫妻俩兜售，要价二十万钱。对于赵明诚这样每月一万多钱俸禄的七八品小官而言，二十万钱是个不小的数目。夫妻俩将这幅画留在家中欣赏了两个晚上，万般不舍，可最终还是无奈地归还给卖主。为了这件事，两人在家相对感叹了数日。

李清照记忆里还有一桩近乎游戏的雅事就是“赌书泼茶”。李清照在《金石录后序》中回忆：“余性偶强记，每饭罢，坐归来堂，烹茶，指堆积书史，言某事在某书、某卷、第几叶（页）、第几行，以中否角胜负，为饮茶先后。中即举杯大笑，至茶倾覆怀中，反不得饮而起，甘心老是乡矣。”

李清照有很高的天赋，这表现在她惊人的记忆力上。她特别喜欢与丈夫猜典饮茶，每次饭后，两人都到屋里一起烹茶，用比赛的方式决定茶烹好了谁先喝。一人问某典故是出自哪本书哪一卷的第几页第几行，对方答中便先喝。可是，赢者往往因为太过开心，反而将茶水洒了一身，茶香四溢。读书本已是雅事，二人更用“赌书”增添生活情趣，即使不慎将茶泼了，仍然兴致不减，余下满身清香，可见其夫妇之间的恩爱美满和高雅情趣。

这段雅事佳话为后世文人所神往。清代诗人陈文述《题〈漱玉词〉》中就不无羡慕地吟咏道：“桐荫闲话芝芙梦，第一销魂是斗茶。”清朝天才词人纳兰容若写下了一首《浣溪沙》以纪念自己深爱的亡妻卢氏：

谁念西风独自凉，
萧萧黄叶闭疏窗。
沉思往事立残阳。

被酒莫惊春睡重，
赌书消得泼茶香。
当时只道是寻常。

其中的“被酒莫惊春睡重，赌书消得泼茶香”，显然是有感于李清照、赵明诚夫妇的伉俪情深。

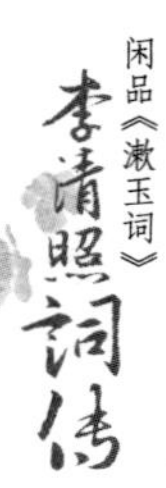

李清照与赵明诚既是恩爱的夫妻，也是心心相通的知己，同时又是志趣相投的亲密朋友。哪怕在生活比较拮据的日子里，两人仍以诗佐酒、把玩金石，“夫妇擅朋友之胜”，生活得好似“葛天氏之民”，单纯而快乐。葛天氏乃远古部落，葛天氏的百姓生活淳朴而自在。这里，李清照用“葛天氏之民”来比喻夫妻淡泊却脱俗的生活状态。

正所谓，人生得一知己足矣，夫复何求？

很多年以后，李清照接连遭遇了国破流离、丧夫离乡、孤苦漂泊等人世沧桑与悲苦，回忆起这段韶华时光，仍然是那么眷恋，那么一往情深：“甘心老是乡矣！”

六、云中谁寄锦书来

——心灵在寂寞中美丽，在离别中成长

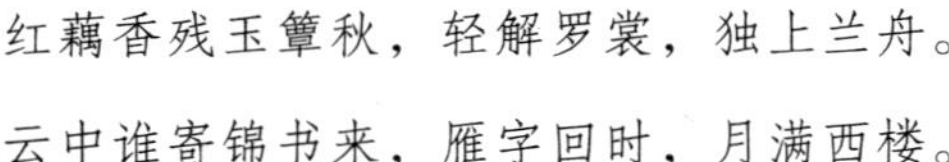

红藕香残玉簟秋，轻解罗裳，独上兰舟。

云中谁寄锦书来，雁字回时，月满西楼。

花自飘零水自流，一种相思，两处闲愁。

此情无计可消除，才下眉头，却上心头。

——《一剪梅》

读这首词，常常感到词人美得玉洁冰清、仙韵入骨，美得不可思议，像极了一幅色泽清丽、意境优美的工笔画。真没想到，寂寞竟让一个女人的笔下文字如此清灵、美丽，妙不可言。

我的感觉可用清人陈廷焯《白雨斋词话》卷二中的一句做评语："易安佳句，如《一剪梅》起七字云：'红藕香残玉簟秋。'精秀特绝，真不食人间烟火者。"

荷塘里粉红色的残荷飘零冷落，玉簟秋凉。女词人闲愁难耐之

时，轻轻褪去罗裳，独自登上一叶兰舟。总在等待远方的人鸿雁传书，待到那云边雁行归来，却只见那皎洁的月光静静地洒满西楼，令人目眩神迷。

思念无法阻止落花的凋零，也无法阻止河水的流淌。一样的相思月光，在遥远的两地惹起了心头离别之苦、相思之愁。这种相思之情无法排遣，皱着的眉头才舒展开，而绵绵的思绪又涌上心头。

这首词在南宋文人黄升的《花庵词选》中题作“别愁”，写的是赵明诚外出求学后，李清照抒发自己对丈夫的思念之情。元代文人伊世珍《琅嬛记》说：“易安结缡未久，明诚即负笈远游，易安殊不忍别，觅锦帕书《一剪梅》词以送之。”

李清照和赵明诚刚刚结婚不久，赵明诚便远游求学。两人分隔两地，望月怀人。告别了无拘无束的少女时代的她，在庭院深深的赵府之内只有丈夫是知心人，所以，她没有办法不想他，只得到荷塘登舟游景以排遣思念。但她发现心中对夫君的思念刚下眉头，却又涌上了心间，更加浓烈。

所以，这首《一剪梅》具有非常独特、优美的女性气质，用现代的话说，就是女人味十足。词中写了两件女性用品，一件是玉簟，“红藕香残玉簟秋”；一件是罗裳，“轻解罗裳，独上兰舟”。巧的是，前面一首《丑奴儿》也写了内衣和枕簟：“绛绡缕薄冰肌莹，雪腻酥香。笑语檀郎，今夜纱厨枕簟凉。”这两句是写和夫君在一起时的情热缠绵。

在这首《一剪梅》里，“红藕香残玉簟秋”，“红藕”即红色的荷花；“玉簟”指精美的竹席。“玉簟秋”是竹席清冷的意思，但与此际的“枕簟凉”却有着完全不同的意蕴。“红藕香残玉簟秋”让人想起南唐李璟《浣溪沙》中的一句：“菡萏香销翠叶残。”荷花凋残了，炎热的夏天过去了，转入冷落的清秋，竹席开始变得冰凉。这七个字隐隐给人一种盛极而衰的感觉，因此就不能不生感慨。这“玉簟秋”含有两层意思：一层是深秋时节的寒意；另一层是孤独寂寞的愁意，是内心深处的寒意。对于“玉簟”两种不同的触觉感受实质上是两种心境，两种际遇。花开花落，既是自然界现象，也是人间悲欢离合的象征；枕席生凉，既是肌肤间的触觉，也是凄凉独处的内心感受。故前人评曰：“易安《一剪梅》词起句‘红藕香残玉簟秋’七字，便有‘吞梅嚼雪’，不食人间烟火气。其实寻常不经意语也。”（清·梁绍壬《两般秋雨庵随笔》卷三）

“轻解罗裳，独上兰舟”，一个“轻”字，一个“独”字，写出女词人动作的优雅与娴静，心境的寂寞与孤独，一切尽在其中。这里的“兰舟”有不同解释，有说是以木兰树制成的精美小船，也有根据上下文意认为是指代“床榻”。

“云中谁寄锦书来，雁字回时，月满西楼。”雁字、西楼，种种意韵深长、优美典雅的相思意象，传达了女词人内心深处的情绪氛围。她深切盼望远方夫君的锦书，从遥望云空引出雁足传书的遐想，眼前却是伊人独望、月满西楼的景象。那是一种“误几回，天际识归舟”的期盼，是“过尽千帆皆不是，斜晖脉脉水悠悠”的漫长等待。这种望断天涯、神驰象外的情思和遐想，令人既感到美丽又感到忧伤。

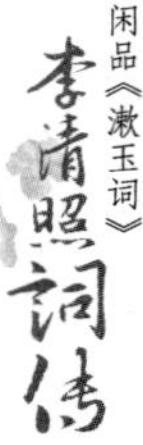

若说上阕是一幅优美的工笔画，一组随着词人视点不断移动的长镜头。那么下阕则是词人打开了内心，以独白方式吐露相思之

情。“花自飘零水自流，一种相思，两处闲愁。”如花美眷，似水流年。那流水落花的伤感与无奈，隐喻着人生、年华、爱情、离别，更令人感到人生离别的无常、时光的易逝。两人遥隔云水关山，却是心心相印，相思生愁。“此情无计可消除，才下眉头，却上心头。”这末三句历来为世人所称道，于结尾处让这一瞬间凝为美丽的永恒，余韵袅袅不绝，传达出一种让人产生心灵共鸣、回味不已的人生感受和审美体验。让人想起李煜《相见欢》中的“剪不断，理还乱，是离愁。别是一般滋味在心头”，两者有异曲同工之妙。

明人王世贞在《艺苑卮言》中也说：“范希文‘都来此事，眉间心上，无计相回避’，类易安而小逊之。”也许，李清照是受了范仲淹这句词的启发，但在意韵方面尤有过之，而且更有女性柔情温婉的风格特色。

我是一边听着安雯唱的《月满西楼》，一边欣赏这首词的。在轻盈动人的古典旋律中，我仿佛看见一位红袖罗裳的美丽女子分花拂柳而来，袅袅娜娜，倩影似烟花般寂寞。

当此际，哀愁点点，如花飘落，雁影遥遥，月满西楼。耳畔又响起一组天籁般的旋律。

在我们以往的阅读体验中，一些相当出色的男性诗人、词人也写过这类闺怨题材的作品，如李白、李商隐、温庭筠等。特别是以温庭筠为代表的花间词人，很多都是“男子作闺音”的高手。但他们大多是从男性角度来感受、想象和猜度女性的心理状态和情感，仔细品来，多有一种类似赏花的态度，有欣赏、有同情、有怜惜、有赞美。但总是以一种他者的视角，有一种莫名的疏离感，其中还有性别角色造成的微妙心理差异。

李清照、朱淑真等女性词人却完全是从现实中自我的真实感受出发，从最直接的人生体验出发的。尽管在现实生活中所感受到的孤独、寂寞和忧愁，可能是无可名状的，是一种难以忍受的无奈。一旦拿起笔来，她们内心的感受却化作了具体可感的形象，化作了富有美感的画面，那种深深的情感体验隐藏在那些形象后面。而这些具体可感的意象，无一不具有女性审美的特质：阴柔，温婉，缠绵，伤感，梦幻……

在所有红颜词人中，李清照的词显得格外耀眼。在《漱玉词》中，像《一剪梅》这样书写离愁别恨的清婉柔美之作有很多。李清照的语言风格在这类词作中表现得相当充分，写得格外唯美精致，也写得格外深婉动人。

王灼《碧鸡漫志》云：“（易安）作长短句，能曲折尽人意，轻巧尖新，姿态百出。”

所以，读清照的词，如品和田玉，如赏青花瓷，是一种真正的艺术享受。

记得年少时读《漱玉词》，词中那种女性化的、优美、阴柔而精致的幽怨和忧伤，曾经深深地吸引着我。那是一个对男孩子来说完全陌生却又很有魅力的女性情感世界。

总以为，像李清照这样如水般的美丽而柔弱的女子是值得男人去呵护和爱惜的；总以为这样暗香盈袖、风中伫立的女子的目光里，注定有作为男人永远不可能知道的东西。这样的红颜女子永远是一道遥远而神秘的风景。

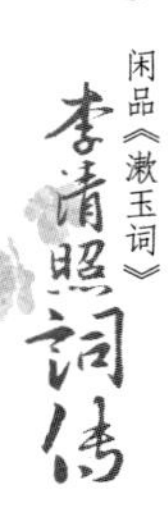

于是我隔着千年的时光，隔着美丽玲珑的文字，屏住了呼吸，

远远地注视着她。

感觉中那是一个水做的妖，一个舞蹈着的精灵，那阴柔而美丽的文字便是她所施的魔法。让人沉迷，让人溺惑。

那是海妖的歌声，而我就是那被歌声迷惑而沉入深深海底的水手。

薄雾浓云愁永昼，瑞脑销金兽。

佳节又重阳，玉枕纱厨，半夜凉初透。

东篱把酒黄昏后，有暗香盈袖。

莫道不销魂，帘卷西风，人比黄花瘦。

——《醉花阴》

读过这首词，心头总缠绕着一种莫名的伤感，内心深处总会出现一幅悠远淡雅的画面：薄雾轻烟里，东篱菊花间，似乎隐隐有一位瘦比黄花、满眸愁意的红颜女子的身影在晃动。

她素心无尘，她爱意彷徨，她的裙幅在菊花间轻轻拂动，她的袖间萦绕着缕缕不绝的菊花香。

她就是李清照，她就是那位在时光中如落花一样飘零的古代红颜女子。

一种怜意悄然萌动："秋风里的你，冷吗？"

"薄雾浓云愁永昼"，那是重阳节一个怎样的阴霾天气！

她斜斜地靠在床榻上，静静地看那金兽铜香炉里的一炷青烟袅袅，幽香阵阵，好一阵神思恍惚。那丝丝缕缕的青烟袅袅轻舞，弥

散在空气里。这屋子里的空气中，却独缺了另一个人的味道，一个年轻男人身上的、她十分熟悉的亲切味道。

孤独的日子总是如香雾般袅袅逝去，了无痕迹。

轻纱帐里，她玉枕独寝，难以入眠。半夜的秋凉透入帐中、枕上，更让她怀念夫妇团聚时的温馨与亲密，幻觉中如同隔世。“每逢佳节倍思亲”，这样的重阳节里，却让她独守空闺，与寂寞为伴，这是怎样一种难耐的孤独！

重阳的菊花开得极盛极美，满地黄花堆积。那个女子“东篱把酒”，指尖轻轻拈起一枝菊花，饮酒赏菊直到黄昏时分，染得花香盈袖。“馨香盈怀袖，路远莫致之”，远方的人此时也在经受相思之苦吧！晚来风急，瑟瑟西风掀起了帘子，她感到一阵扑面而来的寒意，更感到风中的自己是如此的无助、如此的瘦弱。看着那纤秀婀娜的菊花，再看看愈发消瘦的自己，顿生人比菊瘦、命不如花的感叹。

从“照花前后镜”的自恋，到“人比黄花瘦”的自怜，女人的全部快乐与幸福都来自那个生命中最重要的男人。

是他，是他，都是他，让她欢喜让她忧。这真是：“衣带渐宽终不悔，为伊消得人憔悴。”醉眼蒙眬中，她愈发思念天水相隔的丈夫。于是作一阕《醉花阴》寄与千里之外的夫君赵明诚。

也许是这些文字写得太美妙了，竟惹得做丈夫的起了比试之心，于是三夜未合眼，奋笔作词数十阕，然而终未胜过李清照的这首《醉花阴》。

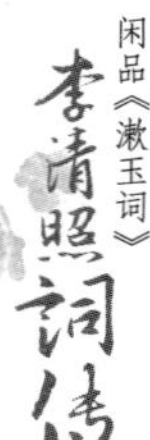

据元代文人伊世珍《琅嬛记》中记载：“易安以重阳《醉花阴》词函致明诚。明诚叹赏，自愧弗逮，务欲胜之。一切谢客，忘食忘寝者三日夜，得五十阕，杂易安作，以示友人陆德夫。德夫玩之再三，曰：‘只有三句绝佳。’明诚诘之，答曰：‘莫道不销魂，帘卷西风，人比（似）黄花瘦。’政（正）是易安作也。”

江淹《别赋》云：“黯然销魂者，唯别而已矣。”“莫道不销魂，帘卷西风，人比黄花瘦”，这三句一笔绘出凄清寂寥、深秋怀人的境界，一个“瘦”字让心中浓浓的相思愁意毕现无遗，真是让人读之黯然销魂。对于这首词，王闿运在《湘绮楼词选》中称其最后一句：“此语若非出女子自写照，则无意致。”正因为这是李清照的自我写照，而不是“男子作闺音”式的造作之语，所以这“莫道不销魂，帘卷西风，人比黄花瘦”三句格外真实动人。

重阳佳节，日渐憔悴的佳人独对西风中的瘦菊黄花，泪眼问花花不语，此情何寄？我想，性情宽厚的赵明诚收到这首词，除了惊艳于爱妻的文字，想来更多的是一份爱恋。

哪怕真如上面故事中所说，赵明诚五十阕不敌清照三句，但洋溢在他心头的仍然是一份温暖的爱意，一份对妻子聪颖和才华的钦佩，一份对日渐消瘦、憔悴的娇妻的怜爱、疼惜。也许，还有一份对拥有如此才华的女子为妻的小小自得。

落花无言，人淡如菊。当他再看到在秋风中枝头摇曳的菊花，心头大概总会晃动着那个在花间、在风中婉转徘徊的柔美身影。

在茫茫人海里，在这个世界上，能有一个人总为你牵挂，对你思念，那是一种温暖，也是一种浪漫。

萧条庭院，又斜风细雨、重门须闭。

宠柳娇花寒食近，种种恼人天气。

险韵诗成，扶头酒醒，别是闲滋味。

征鸿过尽、万千心事难寄。

楼上几日春寒，帘垂四面，玉阑干慵倚。
被冷香消新梦觉，不许愁人不起。
清露晨流，新桐初引，多少游春意。
日高烟敛，更看今日晴未。

——《念奴娇》

这是临近寒食节的一个暮春阴雨天气，一个漫长而阴沉的雨季。

庭院里冷冷清清，空空落落，一连几日的斜风细雨使人感到格外寒冷。那位凭窗眺望已久的女子只好将所有的门窗都紧闭起来。

临近寒食时分，外面的世界春意渐浓。那一树葱茏的绿柳惹人神思恍惚，心生宠意；那纷纷绽放的繁花远远看去娇媚可爱。春意如此美好，天公却不作美。阴雨绵绵，雾霭沉沉，颇是令人烦恼。

“宠柳娇花”堪与易安名句“绿肥红瘦”相媲美，字少而意深，足见锤炼功夫。临近寒食时节，垂柳繁花，尤得天宠人怜。柳荫花下流连赏玩，于是花与柳便也如同那宠儿娇女，成为备受人们爱怜的角色。奈何在临近寒食的多雨季节，娇花弱柳也受风雨摧残。外出游赏不成，只好深闭重门。

“险韵诗成，扶头酒醒，别是闲滋味”，“险韵诗”是以怪僻难押的字做韵脚写成的诗，意为无聊中写起了高难度的诗。“扶头酒”是容易令人醉而扶头的烈性酒。闲极无聊，情意难寄，只好借赋诗饮酒来消遣。“别是闲滋味”，诗成酒醒，仍是心头怅然若失，闲愁种种不是滋味。“征鸿过尽、万千心事难寄。”远行的鸿雁已经不在了，她对丈夫的思念之情再也无寄托。“楼上几日春寒，帘垂四面，玉阑干慵倚。”连日阴霾，春寒料峭，词人楼头深坐，慵倚玉阑，帘垂四面，情怀甚是落寞。“被冷香消新梦觉，不

许愁人不起”，锦被凉了，香燃尽了，梦也醒了，她不得不起来了。

“清露晨流，新桐初引”，“流”字形容晨露之浓，“引”字是生长的意思，表现出一种蓬勃的生机和力量，词境为之一变，顿时显得清新疏朗。晨起时，李清照开帘打量了一下庭院中的景色：只见花叶上的露珠晶莹剔透，梧桐树上新芽绽放，让人感受到了春的气息、春的搏动，多美好的春之晨啊！这盎然的春意吸引了词人，她内心喜悦不尽，顿生游春之意。“日高烟敛，更看今日晴未。”朝阳渐渐升起来，烟雾也散去了，天气到底会不会放晴呢？

“清露晨流，新桐初引”这句话原出自《世说新语·赏誉》：“王恭始与王建武甚有情，后遇袁悦之间，遂致疑隙。然每至兴会，故有相思时。恭尝行散至京口射堂，于时清露晨流，新桐初引，恭目之曰：‘王大故自濯濯！’”

为解释这八个字，中国台湾作家张晓风在《初心》中的一段文字写得美丽至极：

《世说新语》里有一则故事，说到王恭和王忱原是好友，以后却因政治上的芥蒂而分手。只是每次遇见良辰美景，王恭总会想到王忱。面对山石流泉，王忱便恢复为王忱，是一个精彩的人，是一个可以共享无限清机的老友。

有一次，春日绝早，王恭独自漫步到幽极胜极之处，书上记载说：“于时清露晨流，新桐初引。”那被人爱悦，被人誉为“濯濯如春月柳”的王恭忽然怅怅然冒出一句：“王大故自濯濯。”语气里半是生气半是爱惜，翻成白话就是：“唉，王大那家伙真没话说——实在是出众！”

不知道为什么，作者在描写这段微妙的人际关系时，把周围环境也一起写进去了。而使我读来怦然心动的也正是那段“于时清露晨流，新桐初引”的附带描述。也许不是什么惊心动魄的大景观，只是一个序幕初启的清晨，只是清晨初映着阳光闪烁的露水，只是露水装点下的桐树初抽了芽，遂使得人也变得纯洁灵明起来，甚至强烈地怀想那个有过嫌隙的朋友。

李清照大约也被这光景迷住了，所以她的《念奴娇》里竟把“清露晨流，新桐初引”的句子全搬了过去。一颗露珠，从六朝闪到北宋，一叶新桐，在安静的扉页里晶薄透亮。

这首词选本题作“春情”或“春日闺情”。抒发闺中情思，风格清新雅致，词中女子的心情意绪随着天气和景色的变化而起伏变化，一层一转，一转一深，融情入景，浑然天成。虽然处处言愁，写一位独居少妇的娇嗔慵懒，却于闲愁中透出几分妩媚，表现出她惹人怜爱的率真性情。

髻子伤春慵更梳，
晚风庭院落梅初，
淡云来往月疏疏。

玉鸭熏炉闲瑞脑，
朱樱斗帐掩流苏，
遗犀还解辟寒无。

——《浣溪沙》

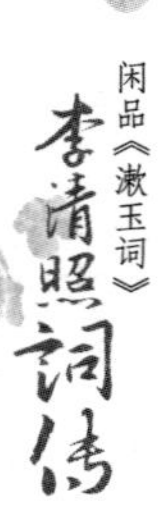

这是一首写深闺女子伤春情态的小调，词句间处处能触摸到一

颗孤独寂寞的心，也能在字句中发现词人的玲珑巧思。

闺中女子因春日景象的伤感情绪，懒得去精心梳理发髻。晚风起时，梅花纷纷飘落在庭院中。淡淡的云彩在天空中轻盈地飘来荡去，月牙儿也顿时显得高远、朦胧。洒在地面上的月光也因云来云往而变幻不定，时明时暗。

在深深庭院里，晚风料峭，梅残花落，境极凄凉，一种伤春情绪在庭院里弥漫。“淡云来往月疏疏”一句被清人陈廷焯在《云韶集》中誉为“清丽之句”。词笔由孤寂庭院引向远方，那女子仰望天空，只见月亮从云缝中时出时没，洒下稀疏的月色。“来往”二字似云气之飘浮，真切如生。“疏疏”二字为叠字，富于音韵之美，用以表现云缝中忽隐忽现的朦胧月光，恰到好处。

那女子在庭院中望云观月，独立多时，感到愁绪难遣，寒意料峭，于是又回到房中。而眼中所见仍是一片孤寂景象：镶玉的鸭形熏炉里闲置着燃尽的香料瑞脑，朱红缨饰的斗形纱帐中装饰着五色纷披的丝穗，那美丽的流苏不时轻轻飘动。女子独自卧在斗帐之中，感到了一阵料峭的春寒。正如《醉花阴》中所描述的：“玉枕纱厨，半夜凉初透。”《醉花阴》写的是重阳节前后的秋寒，这里写的是梅花初落的春寒。看着挂在床头的犀质饰物，她不禁想到这遗犀到底还能不能生出暖意，避冷驱寒呢？

在这首词里，“髻子伤春慵更梳”中的一个“慵”字，写出了女子空虚惆怅的心绪；“玉鸭熏炉闲瑞脑”中的一个“闲”字，写出了深闺里寂寥冷清的氛围。

词最后的结句“遗犀还解辟寒无”，表意极为婉转，怨而不怒，优雅含蓄。“遗犀”即一种名贵的犀牛角，古时可作为贡品。此处应是指一种用犀牛角制成的饰物或犀梳。

事实上，这女子望着这“遗犀”饰物，想起了传说中它所具有的避寒之功用，又想到刚才在庭院里看到风冷梅落所感到的料峭寒意；看到深闺里香冷室静，纱帐虚掩，内心因孤寂而生的丝丝寒意，不禁问道：“遗犀还解辟寒无？”

在这乍暖还寒的日子里，谁能温暖我内心的寒意？谁能消除我心头的寂寞？

也许，这位书香女子慧心深悟，由“遗犀”两字想起了唐朝诗人李商隐的诗句：“身无彩凤双飞翼，心有灵犀一点通。”哦，原来真正能驱除她身心寒意的，并非这传说中的避寒之犀，而是与她心有灵犀、两情相悦的那位远行在外的良人。

由“辟寒”想到“遗犀”，由“遗犀”想到“心有灵犀”，由“心有灵犀”而感到周身洋溢着爱的温情暖意，这正是此词的一处妙笔。

七、自是花中第一流

——生命中陪伴她的那些花儿

有人说，女人的一生只是一朵花开的时间。

有人说，女人的一生，不过是天空里那一场绚烂绽放后终归于寂寞的烟花。

在《漱玉词》中，处处有花的姿容、花的芬芳、花的魂魄。有牡丹、海棠、菊花、桂花、荷花等等。但她最爱的是梅花，赏梅的词作也最多。对李清照来说，那些陪伴着她走过青春和人生的花儿，其实是她生命的影子。在她似水流年的一生时光里，这些花儿曾经让她欢喜让她忧。她在那些缤纷绚烂的花光绿影里，看见了自己在时光深处留下的长长身影。

其实，在遥远的宋朝，她是一枝与众不同的花。花开的时候是一首世间最美丽的词，花落的时候是走向时光深处的一抹云。

雪里已知春信至。寒梅点缀琼枝腻。

香脸半开娇旖旎。当庭际。玉人浴出新妆洗。

造化可能偏有意。故教明月玲珑地。

共赏金尊沉绿蚁。莫辞醉。此花不与群花比。

——《渔家傲》

雪天里凌寒开放的红梅，是李清照一生的最爱。面对梅花和明月独酌清赏，是何等的心灵沉醉与享受！

那白的雪，红的梅，金樽中独斟一杯清寒的月色，是何其奇幻美妙！

李清照一生钟爱梅花，她写梅花的词也最多。从少女时代到终老之年，爱梅之情长达一生。对梅花最初的迷恋，似乎是从少女时代这首格调明朗、清新的《渔家傲》开始的。

正当严冬，白雪覆盖大地，一树报春的红梅点缀其间，凌寒盛开。覆盖着白雪的梅枝犹如天工雕出的琼枝，显出梅花的高洁绝尘。她那香气馥郁的面庞，半露半隐，柔美而又娇艳。就像美人刚刚出浴，着新装，洗尽铅华，冰清玉洁。

大自然可能对梅花情有独钟，所以才有意让今晚的月色分外明亮。月光下，雪地上，一树梅花傲然吐蕊，暗香浮动，越发显示出冰清玉洁的秉性气质。既然连化育万物的造物者都格外宠爱梅花，就让我们把金樽倒满美酒，趁着浓浓酒兴，一同来观赏这月下初放的梅花吧。不要怕醉了，要知道那百花之中有谁能与这梅花相比呢？

这首咏梅词风格清丽，气度不凡，极具少女李清照卓然独立，乃至孤高不群的个性气质。

有道是：“万花敢向雪中出，一树独先天下春。”梅花在风雪中绽放，最早向世界告知了春天的到来，所以又称“东风第一枝”。而在李清照的笔下，凌寒吐艳的梅花又是一个有生命、有呼

吸、冰清玉洁、超凡脱俗的美人。“香脸半开娇旖旎。当庭际。玉人浴出新妆洗。”她含苞欲放，似开未开，“香脸半开”即“犹抱琵琶半遮面”，有如美人出浴初着新妆，姣美极妍。历史上，梅花与美人很早就结缘了。南朝宋武帝的女儿寿阳公主，一日卧于含章殿下，梅花落在她的额上留下五瓣花形，拂之不去，遂号“梅花妆”。宫女见后，竞相效仿，遂成为一种时尚。晚唐诗人韦庄曾将美人比作梅花：“一枝春雪冻梅花，满身香雾簇朝霞。”梅花何其美艳高洁！“此花不与群花比”，梅花也多被人们用来比照那些品格高洁的君子名士。梅花偏宜月下观赏，造物有意，故教月色皎洁，玲珑可喜。

历史上爱梅之人不少，如号称“梅妻鹤子”的北宋处士林逋（和靖先生）就是最著名的一位。他隐居杭州孤山，不娶无子，而植梅放鹤，称“梅妻鹤子”，被传为千古佳话。他的《山园小梅》诗中有云：“疏影横斜水清浅，暗香浮动月黄昏。”月下梅花疏影横斜，暗香浮动，极是传神。元末明初的高启《梅花诗》也有云：“琼枝只合在瑶台，谁向江南处处栽？雪满山中高士卧，月明林下美人来。”梅花有着仙风道骨，来到人间只栖居在大雪铺满的深山里。只有到那清风明月的林泉之下，才能见到它清秀动人的姿容。可见“高士”“美人”都指梅花，月下梅花之状又何其高洁绝尘！

“共赏金尊沉绿蚁。莫辞醉”，绿蚁是新酿的酒上浮起的绿色泡沫，代指新酿的酒。白居易《问刘十九》中有“绿蚁新醅酒，红泥小火炉”之诗句。面对美好的月夜景色，词人心境明净清朗，邀来了诗朋酒侣：让我们举起金盏畅饮，一起来欣赏这月色里的梅花吧。不要怕醉了，只为这梅花是百花不可比拟的花中绝色。

看吧，银装素裹的冰雪大地，皎洁朦胧的月光，酒樽中的美

酒，暗香袭人的梅花，还有冰雪聪明、至情至性的妙龄少女，真是如梦如幻的世界，让人不觉为之沉醉！

少女时代的李清照才华绝世，声名远播，对生活充满了热切的憧憬和向往，笔下的文字充满了青春生命热烈奔放的活力。此时，她笔下的雪中梅花，美丽、高洁、孤傲，超然于群芳之上，隐然就是她那孤高个性的自我写照。

李清照，也许是上天派到人间的梅花之神，化作女儿身来经历她的红尘劫。

暗淡轻黄体性柔，情疏迹远只香留。
何须浅碧轻红色，自是花中第一流。

梅定妒，菊应羞，画栏开处冠中秋。
骚人可煞无情思，何事当年不见收。

——《鹧鸪天》

这是远避尘嚣，开放在山林之间的桂花。

远远的，隔着薄薄的一页书，我仿佛闻到千年前传来的淡淡的桂花香。

那是开在八月金秋的桂花。李清照轻轻掐下一枝做案头清供，满室便漾开了一丝丝若有若无的、甜甜的清香。

她沐浴在那清香之中，心思也渐渐沉淀：这桂花色淡光暗，秉性却温雅柔和，情怀淡泊。即使远在深山，那浓郁的芳香也常常飘在人间。对桂花而言，何须以深红浅绿的艳丽色彩取悦于人呢？那

份清雅的馨香，那淡泊的性情，自然就是群芳之中第一流的名花。

那些开在早春，风姿独绝的梅花也会为之嫉妒，那些凌风傲霜，深秋绽放的菊花也应为之羞愧。你看，在那画楼栏杆前盛开的桂花，自然是这中秋时节的花中之冠。可叹当年屈子作《离骚》等篇时情思不足，笔下遍收名花芳草，却独将这极具君子之德的桂花遗落！

桂有多种，花白者名银桂，花黄者名金桂，花红者名丹桂。常生于深山之中，冬夏常青，以同类为林，间无杂树。秋天开花者为多，其花香味浓郁。

唐宋以后，桂花已被广泛用于庭园中栽培观赏。宋之问有诗云："桂子月中落，天香云外飘。"故后人亦称桂花为"天香"。还有两句："为问东山桂，无人何自芳。"李白诗："安知南山桂，绿叶垂芳根。"张九龄也有"兰叶春葳蕤，桂华秋皎洁"的诗句，赞颂了春兰与秋桂芳洁的品质。"桂华秋皎洁"一句，有逸尘高洁、不同俗流的寓意。所以对人们来说，桂花是迹远而情疏的。桂花不以貌炫世，不以色诱人，"暗淡轻黄""情疏迹远"却内质馥郁芬芳，香飘人间。犹如一位隐居的君子以其高尚的德行情操令人钦敬；更像一位秉性清雅高洁的幽谷佳人，自能倾国倾城。所以，这三秋桂子的高贵品格，自应是傲视群芳的第一流，而这正是李清照卓尔不群个性的自我写照。

这首咏桂词形神兼备，清新高雅。诚如沈祥龙云："咏物之作，在借物以寓性情，凡身世之感，君国之忧，隐然蕴于其内，斯寄托遥深，非沾沾焉咏一物矣。"写这首词的时候，由于北宋末年党争的牵累，赵父被罢相后病故。李清照便与赵明诚双双隐居于青州乡里十年。远离尘世的喧嚣，摆脱了都市的纷扰，夫妻二人以收集金石书画、读书吟诗为乐，以返璞归真的“葛天氏之民”自喻。他们仰慕超然脱俗、闲云野鹤般的陶渊明，取陶渊明《归去来兮辞》之意，将青州居所取名“归来堂”。李清照还将自己的闺房取名“易安室”，取自《归去来兮辞》中的“倚南窗以寄傲，审容膝之易安”一句。他们不求闻达，不慕虚荣，在“归来堂”中悉心研玩金石书画，在“易安室”里畅怀对饮、唱和嬉戏。相对而读书吟诗，携手而看云赏花，可谓逍遥自在，陶然忘机。此情此境，和桂花那种“暗淡轻黄”、“情疏迹远”、但求馥香自芳的韵致是何其相似！

“何须浅碧轻红色，自是花中第一流”一句反映了李清照的审美观。这首词里，桂花是一种温馨淡雅、格高品重的植物，代表一种情操自持的生命与人格。李清照认为好花不必浅绿深红，妩媚艳丽，品格的美、内在的美更为重要。宋代的陈与义在《清平乐·咏桂》中说：“楚人未识孤妍。离骚遗恨千年。”皆以屈原不收桂花入《离骚》为憾事，这也恰恰突出了桂花的超凡脱俗。（其实，据学者考证，屈原是写到过桂树的。）

可见，这首词中的桂花未尝不是李清照此时远离尘嚣，避居山林的淡泊心境之写照。

宋徽宗政和四年（1114年）初秋，赵明诚为李清照的画像题词：“清丽其词，端庄其品，归去来兮，真堪偕隐。”

在丈夫赵明诚眼里，与之琴瑟和鸣的爱妻，就是这样一枝“清丽其词，端庄其品”的“花中第一流”。

李清照还有一首《摊破浣溪沙》写桂花：

揉破黄金万点轻，
剪成碧玉叶层层。
风度精神如彦辅，大鲜明。

梅蕊重重何俗甚，
丁香千结苦麄生。
熏透愁人千里梦，却无情。

如果说人的主观感受决定了一首词的风格，那么这首词里的桂花却宛然是另一种主观投射的幻象。

“揉破黄金万点轻，剪成碧玉叶层层。”一树秋桂像那黄金揉破后化成的万点娇黄，那层层叠叠的翠叶如裁剪出来的千层碧玉。这两句轻盈灵动，清新可喜，写出了三秋桂子令人销魂的金玉之质。这两句与朱熹的《咏岩桂》中的“叶密千层绿，花开万点黄”颇为相似。

“风度精神如彦辅，大鲜明。”这是赞叹桂花的风度精神如同西晋时的彦辅，个性鲜明突出。

彦辅是西晋末年人称“中朝名士”的乐广。官至尚书令，为人“神姿朗彻”“性冲约，有远识，寡嗜欲，与物无竞”。时人评价道：“此人之水镜，见之莹然，若披云雾而睹青天也。”可见乐彦辅之淡泊孤高。“大鲜明”三字出自《世说新语》，“刘令言始入洛，见诸名士而叹曰：‘王夷甫太鲜明，乐彦辅我所敬。’”《晋书·王衍传》说王衍（字夷甫）“有盛才美貌，明悟若神”，这大概就是“鲜明”的内容。应是指王衍个性清高、名重一时。词中将“大鲜明”一词用于乐彦辅身上可能有误，也可能是后世传抄时讹记。

“梅蕊重重何俗甚，丁香千结苦麄生。”在桂花面前，词人以一个“何俗甚”，一个“苦麄生”将自己平生所爱的梅花与丁香都比了下去。然而，浓郁的桂香却在夜半时分，惊了词人魂游千里的好梦，未免太无情。

词的上阕写桂花贵而不俗、清雅自持的神韵，写出了形貌气质；下阕则以梅花、丁香对比，衬出桂花的香气浓郁，惊破好梦，徒惹词人愁怨，全词因此带有浓郁的主观色彩。

李清照所写的这两首咏桂花词，都以梅、菊、丁香做陪衬，写桂花的风度精神和品格气质。不过，这几种花可都是她平素最爱的花。尤其是梅花，是她一生的所爱。但在这首词里，易安居然说“梅蕊重重何俗甚”。丁香花也是象征爱情和愁怨的美丽之花，唐代诗人李商隐有《代赠》诗云：“芭蕉不展丁香结，同向春风各自愁。”比之稍晚的陆龟蒙在《丁香》一诗中也曾咏道：“殷勤解却丁香结，纵放繁枝散诞春。”南唐中主李璟在《摊破浣溪沙》中亦有名句：“青鸟不传云外信，丁香空结雨中愁。”然而，在这首词里居然是“丁香千结苦麄生”！

这让我想起《红楼梦》里的一个情节，贾母带刘姥姥游大观园，来了栊翠庵。妙玉应酬一番后，便拉了宝钗和黛玉去喝体己茶，宝玉随后赶来，遂有了一番品茶妙谈。那妙玉除了对贾宝玉还算看重，居然将其他人都视作俗人。比如，妙玉居然讽刺林姑娘分不清水质的高下：

妙玉自向风炉上扇滚了水，另泡一壶茶……黛玉因问：“这也

是旧年的雨水？”妙玉冷笑道：“你这么个人，竟是大俗人，连水也尝不出来。这是五年前我在玄墓蟠香寺住着，收的梅花上的雪，共得了那一鬼脸青的花瓮一瓮，总舍不得吃，埋在地下……你怎么尝不出来？隔年蠲的雨水那有这样轻浮，如何吃得。”

在妙玉的口中，黛玉这一“心较比干多一窍，病如西子胜三分”的绝世人物也变成了大俗人。

对这一段，我常叹息曹公下笔不留情，为写妙玉之仙质孤高，连林黛玉都被批作“俗人”。李清照也是如此，为了赞美桂花，而写梅花“何俗甚”，写丁香“苦麄生”，我真为这两种花一叹！

这首词无论在风格、用语，还是格调上，与李清照以往的作品都似有不同，而且还出现了典故的误记。个人以为，这只有一种解释：这首词应当是李清照情绪低落、愁绪难解时所作。

女人是情感动物，有时是没多少道理可讲的。

在《漱玉词》里，李清照多次写到桂花，倾心赞美它“何须浅碧轻红色，自是花中第一流”。

桂花其实是朴素的，它花色淡黄或浅红，就是人们常说的“金桂飘香”或“丹桂飘香”。但是，桂花的香是最令人沉醉的。我所在的地方是一座南方小城，城中的绿化植物就是桂树。每到夏秋之交，满城的空气中都飘溢着一股清雅的、微带点甜甜味道的桂花香。有时，从小贩手中买来几枝开满桂花的树枝，插在案头或茶几上清供，满室花香让人顿时心清气朗。

记得有首曲调优美的民歌《桂花开放幸福来》：“桂花生在桂石崖，桂花要等贵人来哎，桂花要等贵客到，贵客来到花才开哎，哎！贵客来到花才开哎。”“桂”者，贵也。苗家人用桂花招待贵客确实令人心神怡然。

很早以前，曾经读过郁达夫的小说《迟桂花》，小说中处处写到桂花的清香。这种花香飘散在灵秀的山水间，飘散在美好朴素的山村田野间，飘散在天真无邪的年轻姑娘的笑声中，那浓郁的香气沁人心脾，仿佛能把人们的宿梦摇醒，把人们的灵魂涤净。郁达夫在这篇小说里把女性比作桂花，那桂花之香其实是女性的一种纯洁美好的精神气质。现在回想起来，郁达夫笔下的文字仿佛都带着桂花的香气。

在李清照的词里，桂花的馨香也是一种高洁的精神气质。除了前面的两首词，她在晚年还写过一首《摊破浣溪沙》：

病起萧萧两鬓华，卧看残月上窗纱。
豆蔻连梢煎熟水，莫分茶。

枕上诗书闲处好，门前风景雨来佳。
终日向人多酝藉，木犀花。

木犀，也作木樨，是桂花的别称。这散发着淡淡馨香的木犀与她当时恬淡安详的心境十分契合。

桂花开时，正值中秋前后，所以它和月亮天然地联系在了一起，月宫中的桂花树不是没来由的。李清照一句“画栏开处冠中秋”，让桂花牢牢占据了中秋花王的位置。这一句也让人联想到“桂冠”这个词，“蟾宫折桂”也许就是这么来的。在写桂花的诗词中，我格外喜欢唐朝诗人宋之问《灵隐寺》中的两句：“桂子月

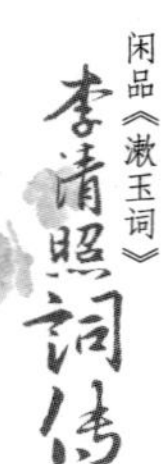

中落，天香云外飘。”文字间有一种神驰天外、飘然欲仙的格调。此外，就是王维《鸟鸣涧》中的：“人闲桂花落，夜静春山空。”闲情悠悠，万籁俱寂，格外有种幽人独处的禅意。

而唐朝诗人王建的《十五夜望月寄杜郎中》中的桂花寄托的是一份怀乡之情：“中庭地白树栖鸦，冷露无声湿桂花。今夜月明人尽望，不知秋思落谁家？”“冷露无声湿桂花”一语令人读之怅然。南宋辛弃疾记忆中的桂花则是另一番感怀：“少年痛饮，忆向吴江醒。明月团团高树影，十里水沉烟冷。”（《清平乐·忆吴江赏木犀》）年少时豪饮高歌，一夜醒来，眼前是明月清光团团，桂影婆娑，十里水沉烟冷。这景象令人想起柳永的那句：“今宵酒醒何处，杨柳岸，晓风残月。”意境如梦如幻，令人沉迷。

宋朝另一位红颜词人朱淑真也写过桂花：“一枝淡贮书窗下，人与花心各自香。”（《桂花》）将一枝清桂插在书窗前的花瓶里，人的心与花的蕊都在清香中沉醉了。这感觉，真好。

《红楼梦》里有多处对中秋桂花的描写，如第七十六回：“这里贾母仍带众人赏了一回桂花，又入席换暖酒来。正说着闲话，猛不防只听那壁厢桂花树下，呜呜咽咽，悠悠扬扬，吹出笛声来。趁着这明月清风，天空地净，真令人烦心顿解，万虑齐除，都肃然危坐，默默相赏。”又：“只听桂花阴里，呜呜咽咽，袅袅悠悠，又发出一缕笛音来，果真比先越发凄凉。大家都寂然而坐。”

于是又想起李清照了，她的词里常常读得到《红楼梦》里的这种味道。

据说，李清照的名字，来源于她出生时天上正巧有一轮又圆又大的月亮，清光团团，普天朗照。那么她的生日当是农历月中十五前后，很有可能就是中秋前后出生。倘若真是如此，那么她与桂花的缘分就真的不浅了。

“何须浅碧轻红色，自是花中第一流。”宋朝的月亮又照到了今天，那淡淡的桂花香是否就是那一缕芳魂归来？

小楼寒，夜长帘幕低垂。
恨萧萧、无情风雨，夜来揉损琼肌。
也不似、贵妃醉脸，
也不似、孙寿愁眉。
韩令偷香，徐娘傅粉，莫将比拟未新奇。
细看取，屈平陶令，风韵正相宜。
微风起，清芬酝藉，不减酴醾。

渐秋阑、雪清玉瘦，向人无限依依。
似愁凝、汉皋解佩，
似泪洒、纨扇题诗。
朗月清风，浓烟暗雨，天教憔悴度芳姿。
纵爱惜，不知从此，留得几多时。
人情好，何须更忆，泽畔东篱。

——《多丽》

心如素简，人淡如菊。李清照这里写的是白菊花，是《漱玉词》中最长的一首慢词。

漫漫长夜，独立寒秋，帘幕低垂。李清照担心的是那庭院中的从丛白菊，那潇潇风雨无情摧损着白菊花的冰肌玉骨。细细观赏那白菊花，既不像唐时杨贵妃醉酒后的绯红脸庞，回眸一笑百媚生；

也不像汉时孙寿描成纤细弯曲的愁眉，丰姿媚人；而贾充女儿私赠情人韩寿的奇香异馨，还有徐娘半面妆上所涂抹的白粉，更不能与白菊相比。细细看来，屈原和陶渊明那孤傲高洁的品性正与白菊相宜。微风吹起，白菊的清香蕴藉，丝毫不亚于淡雅的荼蘼。

秋天将尽，白菊越发显得雪清玉瘦，似向人流露出它对人间的无限依恋。你看它似忧愁凝聚，犹如郑交甫在汉皋遗落多情仙子所赠的珠佩；似洒下一掬清泪，如班婕伃被汉成帝冷落而在团扇上挥翰题诗。白菊花享受过明月清风的日子，也经受了浓雾秋雨的时刻，是老天偏要让这白菊花在日益憔悴中瘦损芳姿啊。我纵然怜惜它的姿容和高洁，但不知此后它还能在人间留下多少时候。唉！只要这白菊花还风姿犹存，又何须再去追忆那泽畔行吟的高风和东篱菊花的情怀呢？

这首词中出现了诸多典故：

“贵妃醉脸”，是对牡丹的比喻。李正封《咏牡丹》中有“国色朝酣酒，天香夜染衣”的诗句，唐玄宗认为可比杨妃醉酒。《松窗杂录》：“大和、开成中，有程修己者，以善画得进谒……会春暮内殿赏牡丹花，上颇好诗，因问修己曰：‘今京邑传唱牡丹花诗，谁为首出？’修己对曰：‘臣尝闻公卿间多吟赏中书舍人李正封诗曰：“天香夜染衣，国色朝酣酒。”’……上笑谓贤妃曰：‘妆镜台前，宜饮以一紫金盏酒，则正封之诗见矣！’”

“孙寿愁眉”中孙寿是东汉权臣梁冀之妻，色美而善为妖态。她画的眉，长而曲折，时号“愁眉”。《后汉书·梁冀传》：“寿色美而善为妖态，作愁眉、啼妆、堕马髻、折腰步、龋齿笑，以为媚惑。”

“韩令偷香”是西晋韩寿的典故。韩寿是贾充的掾吏（佐吏），貌美体健，贾充之女贾午看上了他。韩寿逾墙与其私通，贾午把皇帝赐给她父亲的外国贡香偷赠给韩寿。贾充闻到韩寿身上的香味，发现了女儿的私情，只好让他们成婚。（见《世说新语·惑溺》）欧阳修《望江南》："身似何郎全傅粉，心如韩寿爱偷香。"韩寿一般习称"韩掾"，无称"韩令"者，清照盖因后汉荀彧的事情而误记。荀彧曾为中书令，人称荀令。《襄阳记》谓："荀令君过人家，坐处三日秀。"故李商隐诗："桥南荀令过，十里送衣香。"

"徐娘傅粉"指南朝梁元帝妃徐昭佩与帝左右暨季江私通，暨季江曾曰："徐娘虽老，犹尚多情。"（见《南史·后妃传下》）后称妇人虽年老而面色不衰者为徐娘。但徐娘并无傅粉故事，诗文多用何晏傅粉为典故。《世说新语·容止》篇载：三国时魏人"何平叔美姿仪，面至白。魏明帝疑其傅粉。正夏月，与热汤饼，既啖，大汗出。以朱衣自拭，色转皎然。"何晏"平日喜修饰，粉白不去手"，人称"傅粉何郎"。唐朝李端诗："傅粉何郎不解愁。"清照误记何郎为徐娘，此二句应为"韩掾偷香，何郎傅粉。"若非清照笔误，即为传抄致讹。

这首词铺排典故，来说明白菊既不似杨妃之富贵丰腴，更不似孙寿之妖娆作态。其香幽远，不似韩寿之香异味袭人；其色莹白，不似徐娘之白，傅粉争妍。白菊是屈子所餐，陶潜所采。屈原《离骚》有"朝饮木兰之坠露兮，夕餐秋菊之落英"；陶渊明《饮酒》之五有"采菊东篱下，悠然见南山"。细赏此花，如对隐逸高士，香淡风微，清芬蕴藉，不减于荼蘼。荼蘼，花黄如酒，开于春末。

"汉皋解佩"，《列仙传》载：郑交甫经过汉皋，看见两个少女，佩两珠。交甫向她们求珠，这两个少女就解下珍珠送给他。结果没走多远，二女忽而不见，珍珠也忽然失去。（郑交甫之楚，过

汉皋台遇二女佩两珠。交甫见而悦之，不知其神人也。欲求其佩，问女，女解佩于郑，欣喜。行不多远，遍搜无有。）

“纨扇题诗”，用班倢伃典。班倢伃，真实姓名无可考，在汉成帝时入宫，被立为倢伃。后赵飞燕得宠，班倢伃退居东宫，曾作《怨歌行》云：“新裂齐纨素，鲜洁如霜雪。裁为合欢扇，团团似明月。出入君怀袖，动摇微风发。常恐秋节至，凉飙夺炎热。弃捐箧笥中，恩情中道绝。”

这两个典故说的都是得而复失，爱而遭弃的失落及悲哀。怅惘之情，融入这朗月清风，浓烟暗雨之中，又通过这既清朗又迷离的境界具象化。同时，它又暗示，菊既不同流俗，就只能在此清幽高洁，又迷蒙暗淡之境中任芳姿憔悴。

这首词以赋体手法描写了白菊的容颜、色泽、风韵、香味和气质，赞颂了白菊的高洁与端庄。对白菊的枯萎凋零寄予了深深的怜惜和欣赏。全词用典颇多，显露了一种高古典雅的书卷气。想来这首词应是李清照、赵明诚闲居时比试才学的清玩之作。

不过，也有学者对词中“似愁凝、汉皋解佩，似泪洒、纨扇题诗”这两句有新的理解和阐释，我认为也有一定道理。详细内容留待后面第十二章中对《凤凰台上忆吹箫》一词的解读中再讲吧。

风韵雍容未甚都，尊前甘橘可为奴。

谁怜流落江湖上，玉骨冰肌未肯枯。

谁教并蒂连枝摘，醉后明皇倚太真。

居士擘开真有意，要吟风味两家新。

——《瑞鹧鸪·双银杏》

这首词写的是并蒂而生的双银杏，表达的却是乱世夫妻心心相印的深情和高洁的情怀。

银杏名白果，树干高大挺拔，叶子呈扇形，冠大荫状，叶形古雅。银杏又名公孙树，也称帝王树。因果实形似小杏而硬皮及核肉均呈淡白色，故称银杏；其味甘且清香可食，可滋补药用，养生延年，在宋代被列为皇家贡品。

“风韵雍容未甚都，尊前甘橘可为奴。”“都”在此做硕大、华美解，“未甚都”是指银杏并不以形体硕大华美而诱人。这双银杏，风姿气韵和形貌看起来并不十分华贵。即便如此，樽前那黄澄澄的柑橘比起这双银杏仍逊色一筹，只堪称奴。

“谁怜流落江湖上，玉骨冰肌未肯枯。”如今这双银杏离开了高大繁密的树枝，流落到乱世江湖之中，有谁会怜惜呢？看到它那浑圆、洁白虽离枝而不肯枯萎的形状，可见它们玉洁冰清的风骨依然未改，这激起了词人的怜爱与自伤。这双银杏多么像流落异地的夫妻二人哪！“玉骨冰肌”一词突出了一种高洁坚贞的品格与气节；“未肯枯”则是表示始终坚持理想追求，这些都是士大夫、文人所崇尚的自尊自强之志。

“谁教并蒂连枝摘，醉后明皇倚太真。”如今是谁将这并蒂连理果双双摘下来了？眼前这两颗并蒂银杏保持了两相依偎、亲密无间的形态，恰似那酒醉之后的唐明皇与太真妃相拥相依，也正如易安夫妇虽流落异地而两情相依。这让人想起那句表达爱情的诗句：“在天愿作比翼鸟，在地愿为连理枝。”

“居士擘开真有意，要吟风味两家新。”如今易安居士亲手掰开这难得的连理银杏果，情深意切。夫妻二人一人一颗分享，只觉味道醇香清新。而此时两个人却心心相印，深深领略了连理银杏果

的此中风味。“两家新”的“新”字，在这里指“心”。

所以，这首标题为《双银杏》的词所表达的意思，与白居易《长恨歌》里“在天愿作比翼鸟，在地愿为连理枝”是相同的，都表达了一种夫妻志趣相投、患难与共的深情，一种在乱世中流离而坚守内心节操的信念。

“甘橘”为“奴”典出《三国志·吴书·孙休传》，裴松之注引《襄阳记》曰：“丹阳太守李衡……后密遣客十人于武陵龙阳汜洲上作宅，种甘橘千株。临死，敕儿曰：‘汝母恶吾治家，故穷如是。然吾州里有千头木奴，不责汝衣食，岁上一匹绢，亦可足用耳！’衡亡后二十余日，儿以白母，母曰：‘此当是种甘橘也……’”橘奴，又称“木奴”，唐代诗人李商隐有“青辞木奴橘，紫见地仙芝”（《陆发荆南始至商洛》）的诗句。北宋苏轼也有“山中奴婢橘千头”（《赠王子直秀才》）的诗句。这里用现成典故与银杏相比，称橘“可为奴”，足见作者对银杏的偏爱。

八、更谁家横笛，吹动浓愁
——一生知己是梅花

红酥肯放琼苞碎，探著南枝开遍未。
不知酝藉几多香，但见包藏无限意。

道人憔悴春窗底，闷损阑干愁不倚。
要来小酌便来休，未必明朝风不起。

——《玉楼春》

李清照与赵明诚在青州隐居十年，过着平静而充实的生活。宣和年间，赵明诚被朝廷重新起用，先后担任莱州和淄州的郡守。

于是，李清照又开始了独守空闺的生活。丈夫一旦不在身边，她的生活状态就改变了。陪伴她的，只有那些美丽而寂寞的花儿，其中就有她最爱的梅花。

你看那枝头的梅花苞红润如酥，晶莹似玉，岂肯随意开放？只怕那岭南早梅如今已经开遍了山岭。不知那花苞里酝酿了几多馨

香，只见那花中包藏了无限情意。春天的房栊下，那看花人却一脸憔悴，连栏杆都无心去倚。想要来饮酒赏梅的话便来吧，等到明天说不定要起风了呢！

岭南的早梅想必已是漫山遍野，而她眼前的红梅却含情未吐，迟迟不开，令人想象它开放后的扑鼻馨香，想象它的矜贵与美好。同时，也让人猜度它在等待什么。“南枝”即岭南的早梅。李峤有诗云：“大庾敛寒光，南枝独早芳。”大庾岭在江西、广东交界处，为五岭之一。

然而，窗前看花人却是愁容满面，慵懒得无心倚栏。她为什么会如此闷闷不乐，一脸憔悴呢？她看着那些花儿想，算了，要对花小酌就快点来吧，造化弄人，良辰难再，美景无多！此时的红梅花儿正在开着，未必明天就不会风雨袭来，摧花折树。到那时红消香断，什么都没有了，岂不徒然令人悲哀！“休”是语气助词。

苏东坡《定风波·红梅》词云：

好睡慵开莫厌迟，自怜冰脸不时宜。
偶作小红桃杏色，闲雅，尚余孤瘦雪霜姿。

休把闲心随物态，何事，酒生微晕沁瑶肌。
诗老不知梅格在，吟咏，更看绿叶与青枝。

这首词写红梅迟迟未开，是惧怕忧愁又贪睡所致，还担心自己冰雪般的容颜不合时宜。词人以拟人化手法将梅花写成一个调皮可爱的美女。它的颜色是浅红的桃杏色，枝条却保持了清瘦嶙峋、凌霜傲雪的劲挺。它傲寒的本性不会随着春天的到来改变，花色却像少女酒后的红晕。老诗人石曼卿不懂梅花的品格，怎能只从外表的绿叶与青枝来看梅花呢？这首词强调梅花独有的“梅格”，即红梅的内在品格，或内在精神，也就是梅花喜寒凌霜的本性。

应当说这首词与李清照的《玉楼春》是有联系的。李清照的父亲李格非是“苏门后四学士”之一，与苏轼的渊源自不必说，李清照从小对苏氏诗文也是耳熟能详。宋徽宗崇宁元年（1102年），新党代表人物蔡京任右相，极力打压包括苏门弟子在内的元祐一朝的旧党人氏。李父李格非被列入元祐党籍，逐出京城。李清照因父亲遭贬，写诗向公公赵挺之求援，其中有一句“何况人间父子情”。然而，大概事涉敏感，情况复杂，公公有些为难，并没有伸出援手。

夫家娘家，一荣一枯，李清照初尝现实的残酷和人情冷暖，这首词应是写于这一时期。李清照的忧患意识常常通过风雨摧花的意象表现出来。早期词《如梦令》中的海棠花经过雨疏风骤之后，就有绿肥红瘦的忧思；《浣溪沙》中有“细风吹雨弄轻阴，梨花欲谢恐难禁”的叹息；《多丽》中有“恨萧萧、无情风雨，夜来揉损琼肌”的怨嗔；她晚年词的代表作《永遇乐》，在“染柳烟浓，吹梅笛怨”的盎然春意中，想到的也仍是“次第岂无风雨”。

这也许是心思细敏的女人常有的担心，每当花朵开放时，常常就会想到它的凋落，想到那些随时可能降临的风风雨雨，担心世间美好的东西消逝得太早、太匆匆！这不禁让人想起《红楼梦》里的某些类似的情境，“悲凉之雾，遍被华林”呼吸领会者有谁？

然而，李清照到底与那些沉浸在悲伤心境中不能自拔的红颜不同。李清照就是李清照，她除了有林黛玉的多愁善感，还有史湘云的豪气与达观。这首词的末两句就表现出一种淡定和洒脱，“要来小酌便来休，未必明朝风不起”，让我们想起了苏东坡的《定风波》：

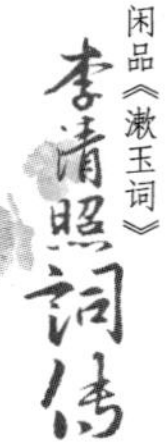

莫听穿林打叶声，何妨吟啸且徐行。

竹杖芒鞋轻胜马，谁怕？一蓑烟雨任平生。

料峭春风吹酒醒，微冷。山头斜照却相迎。

回首向来萧瑟处，归去，也无风雨也无晴。

所以，清人朱彝尊评论这首词："咏物诗最难工，而梅尤不易……李易安词'要来小酌便来休，未必明朝风不起'。皆得此花之神。"

春到长门春草青，江梅些子破，未开匀。

碧云笼碾玉成尘，留晓梦，惊破一瓯春。

花影压重门，疏帘铺淡月，好黄昏。

二年三度负东君，归来也，著意过今春。

——《小重山》

这首《小重山》韵致颇为动人。词中写到了春草青青，江梅初绽；写到了碧云碾茶，一瓯新茗；写到"花影压重门，疏帘铺淡月"，真是清新美妙的意韵。

"春到长门春草青"，春天已经到来，阶前砌下的小草开始返青，隐含的意思则是春草已青而良人未归。《楚辞·招隐士》："王孙游兮不归，春草生兮萋萋。"李清照这里是借用了花间派词人薛昭蕴《小重山》的词句："春到长门春草青，玉阶华露滴，月胧明。"她为什么直接就一字不改地套用了前人词句呢？我想，李

清照是个直觉感受十分敏锐的人。这句词一定让她怦然心动，印象很深，并且引发了她的诗兴和灵感。

这里的长门指汉朝长安离宫名。汉武帝皇后陈阿娇失宠后，在长门宫幽居独处。《长门赋序》："孝武皇帝陈皇后，时得幸，颇妒。别在长门宫，愁闷悲思。"而自从丈夫赵明诚远到外地为官后，李清照就一直独守空闺。其孤寂茫然的心态常常令她对那些类似情境的词句格外敏感。"江梅些子破，未开匀。"野生的江梅只有少许嫩蕊初放，尚未遍开，显得新鲜而娇艳，此时正是赏梅的好时节。这一句也颇有口语特色，正是"易安体"的本色。

你看，那春草悄然染青了长门的园子，格外清新幽雅。江梅初绽，花色深深浅浅，显得春意盎然，一派生机，真是好景致。这也让李清照有了好心情，好兴致。她将碧云团茶碾成粉末，烹煮时散发出阵阵清香。宋朝时，人们多饮这种团茶，碾碎后烹煮饮用。煮开后，她轻轻将煮好的茶水倒进青瓷茶瓯里。捧着那一瓯荡漾的绿色，轻啜一口，顿觉唇齿生香，让她情不自禁地品味起了昨夜的残梦。那是一个什么梦呢？那也许是她心头一个隐秘的心结，一种无言的惆怅。梦里，她的夫君归来了，是和她携手赏春，品茶吟诗，还是低语轻诉，互诉别后离情？那种温暖的记忆在心头如一阵和煦的春风。

春草乍青，江梅初绽。一瓯春茶，驱散了她心头最后一丝睡意。美好的春天来了，也给人带来了生命中的欣喜与希望。就这样恍恍惚惚，如梦似幻。不知不觉就到了晚上，繁密的花影覆压在重门上，淡淡的月光映照着疏散的窗帘，这春日景象绰约有致，幽雅恬静，真是一个美好的黄昏。可惜李清照身边，只有月色、花影与之相伴。这让她不禁想起两年间与夫君的分别，她一个人独处寂寞

的深闺，真是白白辜负了这美好的春光，也白白辜负了我们的大好青春年华。回来吧，远方的游子，我们在一起好好度过这个春日良辰！

这首词调子明朗轻快，风格清新，尽管有些寂寥与忧郁，但仍然对生活充满了激情和向往，充满了热切的期待。与她以往低婉悲情的离情词作风格明显不同。词中的“江梅些子破，未开匀”，一个“破”字形容江梅花苞初绽之状，“些子”犹言“一些”，口语色彩明显，显得十分轻快。“未开匀”形容早梅色彩的深浅错落感，贴切生动，令人喜爱。“留晓梦，惊破一瓯春。”这句写晓梦初醒，所梦之事犹残留在心，而香茗一杯，顿使人神清气爽，梦意尽消。“一瓯春”指一瓯春茶。而“晓梦”似与怀人有关，含而未露，耐人寻味。

这首词写到了李清照晨起品茶的生活细节，让人感到十分亲切。宋人习惯将茶制成茶饼，有龙团、凤团等数种，饮用时皆须先碾后煮。“碧云笼碾玉成尘”中的“碧云”，以茶叶之颜色指代茶饼。“笼”是指贮茶之具。我们好像看到喜爱素洁的李清照饮茶前正将碧绿团茶从茶笼中取出，细细碾成碧玉般的碎末，一个“玉”字写出了茶的名贵。明冯时可《茶录》：“蔡君谟谓范文正公，《采茶歌》‘黄金碾畔绿尘飞，碧玉瓯中翠涛起’，今茶绝品，色甚白，翠绿乃下者，请改为‘玉尘飞’‘素涛起’，何如？”

“花影压重门，疏帘铺淡月”，一个“压”字将门上花影的繁密写得有了一种覆压的重量和质感；而一个“铺”字将淡淡月光照进帘栊时，映照满室清辉的清旷和动感生动地表现出来。“疏帘铺淡月，好黄昏”一句写景如画，意境淡远，素为人所称道，让人不禁想起林逋《山园小梅》诗中“疏影横斜水清浅，暗香浮动月黄昏”的名句。《疏帘淡月》后来成为词牌名。

结尾三句：“二年三度负东君，归来也，著意过今春。”东君原指日神，这里是司掌春天之神。据《金石录后序》载，两人婚后，赵明诚或因负笈远行，或因异地为官，常与清照分别。丈夫常年在外，如今算来，已有三个春天没有在家里度过了。故而，李清照心中的相思之情难以控制，竟急切地冲口而出：“立刻回来吧，让我们一起好好地度过今春这大好时光！”

词的结尾竟如此直白地表达了盼夫早归的迫切心情。可见，这首《小重山》是李清照真实心态的写照。正像那首《你快回来》中所唱：“你快回来，我一人承受不来；你快回来，生命因你而精彩；你快回来，把我的思念带回来；别让我的心空如大海。”

小阁藏春，闲窗锁昼，画堂无限深幽。
篆香烧尽，日影下帘钩。
手种江梅更好，又何必、临水登楼。
无人到，寂寥浑似，何逊在扬州。

从来，知韵胜，难堪雨藉，不耐风揉。
更谁家横笛，吹动浓愁。
莫恨香消雪减，须信道、扫迹情留。
难言处、良宵淡月，疏影尚风流。

——《满庭芳》

读这首词，有一种朦胧的幻觉。

好像在梦里来到一个幽深静谧的地方，那里有古色古香的画堂庭院，有精致华美的闺阁楼台，兽形的金香炉，闻得到袅袅香雾的气息。午后斜阳的影子里，绣帘轻轻垂下，在风里轻轻晃动。

也许，那一刻仿佛穿越到了风光旖旎的宋朝，来到了一个陌生的地方。

词境以深静为佳。阁小，窗闲，春藏，昼锁，画堂深幽，人静帘垂，灯昏香直，这是李清照词里的那种美妙的意境。在深深庭院里，在静静的画堂中，在她的闺房内，弥漫着一种无边无际的、幽深的寂寞，仿佛与世隔绝。外面那些明媚春光和白昼都与这里无关，时间也仿佛停止了流动。这是一个狭小而深邃的、自我封闭的空间，仿佛是那闺中女子最隐蔽、情感最丰富的内心一隅。

篆香，一种盘成篆形文字的香。篆香烧尽，暗示着时间的流逝。

在她床头的花瓶中，斜插着一枝刚刚折得的江梅，这是梅花中的上品。整个闺阁中，只有它的美艳与馨香，给这沉寂的女性世界带来了温暖和春意。

她不愿到外面去，慵懒得连窗户都不愿打开，只是点燃一炷篆香，默默地看着时光沿着香雾袅袅消散在无边的空气里。对着那一枝新摘的梅花，一直待到“日影下帘钩”的黄昏时分。

她想，有了瓶中这一枝亲手摘取的江梅，就没有必要去“临水登楼”了。

其实，她知道，外面的春光灿烂。只是怕出去临水登楼，徒然惹动对远在外地为官的夫君的绵绵思念。只因无知心人相陪，闺中寂寥，让她感受到了当年何逊在扬州的寂寞，只有梅花相伴。

梅韵高标，横斜疏瘦，丰姿俏挺，但同样也难耐风雨吹打。这是谁家又吹奏起了那清韵悠扬的《梅花三弄》？真是荡人魂魄，让人心里生发无限愁绪。纵使梅花香消雪减，凋零殆尽，落英无迹，但是它的横斜疏影在溶溶月色下，仍然昭示着一份清韵高格。

唐崔道融《梅花》写："香中别有韵，清极不知寒。"宋范成大《梅谱·后序》说："梅以韵胜，以格高。"可知"梅以韵胜"是文人传统的看法。韵，在这里指梅花高洁傲雪的坚贞反射出来的一种内在美，一种神韵、风骨。

这首词和前面的《小重山》似有某种关联。两者都写到了"江梅"，《小重山》里是："春到长门春草青，江梅些子破，未开匀。"《满庭芳》则是："手种江梅更好，又何必、临水登楼。"

江梅，是一种野生梅，又称野梅，在古代全部为野生，常在山间水滨、荒寒清绝之处生长，后来才被移植至园中栽培。江梅花有浓香，花期早，冰清玉洁，贞洁高雅，是冬春之季观赏的重要花卉。

宋范成大《梅谱》："江梅，遗核野生，不经栽接者。又名直脚梅，或谓之野梅。凡山间水滨，荒寒清绝之趣，皆此本也。花稍小而疎瘦，有韵，香最清，实小而硬。"宋代王十朋有诗《江梅》："园林尽摇落，冰雪独相宜。预报春消息，花中第一枝。"

"无人到，寂寥浑似，何逊在扬州。"

何逊是南朝梁国著名诗人，因爱梅至深，如痴如醉，人称"梅痴"。杜少陵有诗云："东阁官梅动诗兴，还如何逊在扬州。"姜夔有词"何逊而今渐老，都忘却春风词笔"，何逊成为梅花的代名词。当年，那位号称"梅痴"的诗人何逊，不就像同样爱梅如痴的李清照一样寂寞吗？

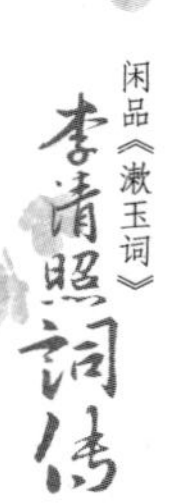

据记载："逊尝作扬州法曹，廨舍有梅花一株，常吟咏其下。后居洛思之，因请再任。及抵扬州，梅花盛开，逊对树彷徨终日。"明张岱的《夜航船·思梅再任》也记载："何逊为扬州法曹，公廨有梅一株，逊常赋诗其下，后居洛，思梅花不得，请再任扬州。至日，花开满树，逊宾醉赏之。”说的是那何逊在洛阳任职，由于思念昔日扬州官舍前的一株梅树，竟然向朝廷请求再去扬州任职。回到扬州时，花正盛开，他在花前整整徘徊了一天，爱梅之心已然成癖。若是梅花有灵，怕要为之感动了。后来，遂有好事者封何逊和寿阳公主分别为梅花的“男神”和“女神”。

何逊写有《扬州法曹梅花盛开》一诗：

兔园标物序，惊时最是梅。
衔霜当路发，映雪拟寒开。
枝横却月观，花绕凌风台。
朝洒长门泣，夕驻临邛杯。
应知早飘落，故逐上春来。

此诗被后人誉为“自去何郎无好咏”。诗中写的梅花衔霜映雪而开放，“朝洒长门泣，夕驻临邛杯。应知早飘落，故逐上春来。”那纷飞的梅花不时映在被废居长门宫的汉武帝皇后陈阿娇的泪眼里，又不时飘落在被司马相如冷落独自饮酒浇愁的卓文君酒杯中。

显然，正是何逊在扬州写的这首诗打动了李清照。“无人到”的“人”自然是指自己的夫君赵明诚，因为他的离去，使得李清照独守空闺，有如当年受到冷落的陈阿娇和卓文君。

“更谁家横笛，吹动浓愁。”古时关于梅花的音乐不少，乐府横吹曲中即有《梅花落》之类，唐大角曲亦有《大梅花》《小梅花》等曲。李白《与史郎中钦听黄鹤楼上吹笛》："黄鹤楼中吹玉笛，江城五月落梅花。"眼中赏梅花，耳中闻清笛，真是人生清欢至乐。

《梅花三弄》是著名琴曲，它的问世还与一个风流洒脱的故事有关。《晋书·桓伊传》和《世说新语·任诞》对此均有记载。

桓伊是有名的武将，官至都督豫州诸军事、西中郎将。他为人谦虚，不张扬，屡立大功而不自傲。虽身为武将，却擅长吹笛，为江左第一笛手。史称其："善音乐，尽一时之妙，为江左第一。有邕柯亭笛，常自吹之。"东晋大书法家王羲之的儿子王徽之应召赴都城建康(今南京)，乘船停泊在青溪码头，恰巧桓伊从岸上路过。桓、王二人都久闻对方大名，却并不相识。此时，一位客人在一旁说道："此桓伊也。"王徽之闻听，便命人对桓伊说："闻君善笛，试为吾一奏乎？"桓伊虽是高官显贵，但却十分随和，便下车上船，取出笛子吹了一曲《梅花三弄》，高妙绝伦。吹毕，即上车而去，宾主未有片语交谈。桓伊敦和风雅，徽之狂狷博学，两人虽不交一语，却已是心有契合。晋人之旷达不拘礼节、磊落不着形迹，由此可见一斑。

《梅花三弄》又名《梅花引》《玉妃引》，通过梅花的洁白、芬芳和耐寒歌颂其高尚的节操；"三弄"指的是乐曲主题在不同的段落重复三次出现。正因为两位当世闻人不顾身份、官职落差和世俗眼光，以共同的雅好相交，才有了千古名曲《梅花三弄》的诞生，堪称知音之曲。

这里，李清照因听到《梅花三弄》《梅花落》一类的音乐，心里顿时生起相思之愁。其实，夫君赵明诚不仅仅是她的丈夫，更是她思想、情趣相投的知音，"夫妻擅朋友之胜"。赵明诚宦游在

外，却留得清照在闺中独守寂寞，知心话也不知向谁诉说。

其实，在现代流行歌曲中也有不少写梅花的歌曲，如那首《一剪梅》与这首词的下阕意境颇为相似：

真情像草原广阔，
层层风雨不能阻隔。
总有云开日出时候，
万丈阳光照耀你我。

真情像梅花开过，
冷冷冰雪不能淹没。
就在最冷枝头绽放，
看见春天走向你我。

雪花飘飘北风萧萧，
天地一片苍茫。
一剪寒梅，
傲立雪中，
只为伊人飘香。
爱我所爱，
无怨无悔，
此情长留心间。

可以对照着欣赏这首《满庭芳》的下阕：

从来，知韵胜，难堪雨藉，不耐风揉。

更谁家横笛，吹动浓愁。

莫恨香消雪减，须信道、扫迹情留。

难言处、良宵淡月，疏影尚风流。

细细品来，是不是有些“一剪寒梅，傲立雪中，只为伊人飘香”的韵味？

九、玉瘦香浓，檀深雪散

——陪李清照踏雪赏梅

其实，闲时很想陪李清照静静坐下来，品茶赏梅。

也许，在蒙蒙细雨里，从一条幽静的古巷出发，穿过层层院落、重重花影，我就会遇到她，那个独立风中的红颜女子。她的眼神梦一样地飘忽游移。她气质高贵，云髻轻挽，颔首或沉思都是一处动人的景致。

在她的深深庭院里，树树梅花轻绽，红影幢幢。

我想告诉她，你曾经是我精神世界的一个梦，是所有女性典雅高洁之美的化身。而且，我熟悉你的一切，你的笑声与泪水，你的欢乐与忧伤。

李清照也许轻轻一笑，表示知道了。也许，这样的话对她来说，听到的不少了。我说，你曾经就住在《东京梦华录》所记的繁华红尘里，林冲和娘子就曾经出现在那熙熙攘攘的人流里。而在那里，写过“红杏枝头春意闹”的书生宋祁骑着马在人流中不知所措，与一辆来自宫中的美丽香车相撞。随着一声娇呼，绣帘后的宫中女子认出了才名满东京的小宋，心中暗许，并不让随从们为难这莽撞的书生。“金作屋，玉为笼，车如流水马如龙。刘郎已恨蓬山远，更隔蓬山几万重”，他的爱情蓬山其实更近了。仁宗皇帝问明原委，居然将那位与之邂逅的宫女找来，嫁给了这位书生。

宋朝是个多情的、容易产生艳遇的时代。我知道有张先的“一树梨花压海棠”；有柳永的“杨柳岸晓风残月”；有朝云姑娘笑指东坡先生的肚皮：“先生有一肚皮的不合时宜”；有阴郁与优柔的秦少游暗叹：“杜鹃声里斜阳暮”；有辛弃疾的“斜阳正在，烟柳断肠处。”

我告诉李清照，我喜欢宋朝的文人。与士大夫共治天下的赵宋皇帝对文人格外宽容。“不杀文人”的祖训令此后历朝历代的读书人为之动容。我相信宋朝辉煌的文治令一部青史生辉。

我告诉她：你曾经走过《清明上河图》的条条街巷，李师师的琴声会不时地从那座红楼暖阁中飘出。不久，那位美丽女子雪白的纤手会拿起小刀来，为一位词人切开一只新橙。然后放到定窑烧制的精致瓷盘里，洒上吴盐，色泽鲜美。有道是：“并刀如水，吴盐胜雪，纤手破新橙。”

我看见，李清照听到这里莞尔一笑。我说，我曾经见过你。李清照不解地看着我，眉黛微蹙，淡如远山。

我笑道，你曾经在街口叫停了一个挑着花担的货郎，买过一枝早梅。然后站住，看了看不远处的我，浅笑一下又离开了。我知道，等会儿，你就会把花斜簪到云鬓边上，然后对镜自赏。我说我知道你小时候的很多事。你喜欢在后花园里面荡秋千，荡到最高处，你的头发会散开，如云如瀑，伴着笑声在晚风中飘荡。晚风中的闺阁幽窗前，你会用纤细的手指轻拈脂粉，红唇、云鬓和微敞的

领口，有温香如兰。

我笑着说，那时，我梦游到了宋朝的东京。我知道，你喜欢梅花。我想告诉你，我也喜欢梅花。曾经有本奇书叫《聊斋》，里面有个叫婴宁的美丽狐仙，手拈一枝梅花，声声清笑，倾倒了书生王子服。我会说："清照，你不是狐仙，你是梅神。你的前世也许就是卧在含章殿下春睡的那位公主。"

你的眉心，会落下梅花瓣儿。那是上天在昭示你：你的前世也许是梅花仙子。

"喝茶吧。"李清照静静地递过一瓯春茶，水绿似碧云。"好茶。"我轻啜一口，赞叹。

我不知道，李清照为什么会对梅花情有独钟。她写了很多关于梅花的词，而且从少女时代到垂老之年，都忘不了梅花。

其实，梅花在我们传统文化中不同于一般花卉，有着十分特殊的意义。

梅花是中国所特有的、土生土长的花卉，原产于滇西北、川西南和藏东一带，由野梅演化而来，在我国分布甚广。前面在清照词中提到的"南枝"，也就是产自今天广东和江西交界大庾岭的梅花。大庾岭历来是梅树繁盛之地。岭南罗浮山历来以产梅花著称于世，因此"罗浮"后来成了梅花的别名。

说到这里，还有一则小故事。据柳宗元《龙城录》中载："隋开皇中，赵师雄迁罗浮。一日天寒日暮，在醉醒间，因憩仆车于松林间酒肆旁舍。见一女人，淡妆素服，出迓师雄。时已昏黑，残雪未消，月色微明。师雄喜之，与之语。但觉芳香袭人，语言极清丽。因与之扣酒家门，得数杯相与饮。少顷有一绿衣童子来，笑歌

戏舞，亦自可观。师雄醉寐，但觉风寒相袭。久之东方已白，师雄起视，乃在大梅花树下。上有翠羽，啾嘈相顾，月落参横，但惆怅而已。”

说的是隋朝开皇年间，赵师雄在夜里梦见与一位淡妆素服的女子一起饮酒，这位女子芳香袭人，又有一位绿衣童子，在一旁欢歌笑舞。天将亮时，赵师雄醒来，却发现自己睡在一棵大梅树下，树上有翠鸟在欢唱。原来梦中的女子就是梅花树，绿衣童子就是翠鸟。这时，月亮已落下，天上的星星也已横斜，赵师雄独自一人惆怅不已。此后“梅花”又有“罗浮仙子”的美名。

不过，对笔者而言，与梅花相关的最美意境莫过于“踏雪寻梅”这一典故。据张岱《夜航船》记载，相传唐代诗人孟浩然酷爱梅花，情怀旷达，长期隐居鹿门山，常在风雪中骑驴踏雪寻梅，曰：“吾诗思在灞桥风雪中驴背上。”这常常让人眼前出现这样一幅画面：风雪中一老翁头戴浩然巾，骑驴过桥，手持梅花。这景致何其清奇动人！

记得《三国演义》里刘关张三顾茅庐时有一节文字，也是写这踏雪寻梅：“时值隆冬，天气严寒，彤云密布。行无数里”，不久就只见“朔风凛凛，瑞雪霏霏；山如玉簇，林似银妆”。大雪忽然从天而降，装点江山一派素裹银妆。只见“小桥之西，一人暖帽遮头，狐裘蔽体，骑着一驴，后随一青衣小童，携一葫芦酒，踏雪而来；转过小桥，口吟诗一首。诗曰：‘一夜北风寒，万里彤云厚；长空雪乱飘，改尽江山旧。仰面观太虚，疑是玉龙斗；纷纷鳞甲飞，顷刻遍宇宙。骑驴过小桥，独叹梅花瘦。’”

这骑驴老者正是荆襄名士、诸葛亮的岳父黄承彦。小桥，大雪，一老翁，一瘦驴，一小童，一壶酒，梅花飘香，正是：“骑驴

过小桥，独叹梅花瘦。”好一幅风清气雅的“踏雪寻梅图”。

《红楼梦》里的踏雪寻梅就更是风流雅事了。在第四十九回“琉璃世界白雪红梅，脂粉香娃割腥啖膻”和第五十回“芦雪庵争联即景诗，暖香坞雅制春灯谜”中，因薛宝琴等人初来荣国府大观园，当时正值下雪，于是李纨提议结诗社作诗，得到大家的响应。待到次日一早，宝玉因心里记挂着这事，一夜没好生得睡，天亮了就爬起来。掀开帐子一看，虽门窗尚掩，只见窗上光辉夺目，心内早踌躇起来，埋怨定是晴了，日光已出。一面忙起来揭起窗屉，从玻璃窗内往外一看，原来不是日光，竟是一夜大雪，下了一尺多厚。出了院门，四顾一望，并无二色，远远的是青松翠竹，自己却如装在玻璃盒内一般。于是走至山坡之下，顺着山脚刚转过去，已闻得一股寒香拂鼻。回头一看，恰是妙玉门前栊翠庵中有数十株红梅如胭脂一般，映着雪色，分外显得精神，好不有趣！在芦雪庵，宝玉与姐妹们以雪论诗，宝玉被判输了，便主动去栊翠庵折梅代罚，并作诗一首《访妙玉乞红梅》：“酒未开樽句未裁，寻春问腊到蓬莱。不求大士瓶中露，为乞嫦娥槛外梅。入世冷挑红雪去，离尘香割紫云来。槎枒谁惜诗肩瘦，衣上犹沾佛院苔。”

贾宝玉踏雪寻梅的情节显然是受了孟浩然骑驴灞桥、踏雪寻梅的启发。

而有趣的是，金人侵入北宋都城后，李清照南渡流落江南，“易安每值天大雪，即顶笠披蓑，循城远览以寻诗”。但是，那个时候的李清照眼中“风景不殊，自有山河之异”，恐怕不仅仅是像孟浩然那样去寻找诗思雅趣了。风雪之中的江山，冰霜覆压之下的冷梅，传递的恐怕是“国破山河在”的黯然神伤。

玉瘦香浓，檀深雪散。今年恨、探梅又晚。
江楼楚馆，云闲水远。清昼永，凭阑翠帘低卷。

坐上客来，尊前酒满。歌声共、水流云断。
南枝可插，更须频剪。莫直待西楼、数声羌管。

——《殢人娇·后庭梅花开有感》

在这首《殢人娇》词中，专门注有“后庭梅花开有感”的主题。

看得出来，李清照对梅花的感情是格外深厚的。在伤感寂寞时，梅花是她的闺中密友，解语之花，可以向它倾诉离愁。当她快乐时，梅花是她的席上娇客，对饮酒侣，可以助兴为欢。

“玉瘦香浓，檀深雪散”，起句既清且雅。写梅为“玉”，是因梅花开得珠圆玉润，犹如玉雕。一个“瘦”字则写出了清雅飘逸的神采。玉雕一般的白梅花清瘦飘逸，而殷红的檀香梅色艳香浓，冬雪则正在消融。让人顿有冰清玉洁、冰肌傲骨之感。难怪词人姜夔也要“梅边吹笛，唤起玉人”了。在他的想象中，梅花就是他心中恋人的化身。这种雪中对梅吹笛的情思格外清雅、真挚。

“今年恨、探梅又晚。”那踏雪寻梅、红白交映的美好情境已然过去。真真是件憾事，不料今年赏梅又迟到了一步。江南楚地错落矗立着无数亭台楼馆，树树梅花点缀其间。天上白云闲飘，远处碧水流远。清凉的白昼这样漫长，探梅人倚栏远望，翠色帷帘低垂漫卷。

上阕就这样云淡风轻，山闲水静。而下阕就开始热烈起来：酒宴座中，高朋会聚，觥筹交错。至情至性的文人雅士们对着梅花、佳人和酒，豪情顿起，开怀畅饮，纵情高歌。一时间你唱我和，清歌悠然回响于天地之间，遏行云、断流水。在这样热烈欢快的氛围里，女词人和朋友们指点着眼前的树树梅花，心头更感欣喜。趁着它方开未残快些采剪，或簪在鬓边，或插放几案，能让梅花多留在人间一会儿。不要等到落红随风化泥时，再听《梅花三弄》惆怅流连了。

这首词以梅抒情，那枝头梅花一缕幽香，几分清雅，纵酒清歌，令人流连玄想，把个料峭冬日的赏梅情景写得十分惬意、浪漫、婉约。我们从词中洋溢着的一种纵情欢乐的赏梅心情，看到了一个快乐轻松的李清照。看到了她和朋友们宛如《红楼梦》里结诗社、咏梅花的风流雅韵，有一种对着梅花且饮且歌、水流云断的潇洒清韵。

同时，词中也感伤光阴流逝，花开花落，容颜易老，聚少离多。我们又看到了当年那个多情感伤的李清照。人生得意与欢聚之时需尽情欢畅，待到梅花三弄凄诉别离的时候，欢乐的日子就结束了。这是李清照作为一个多经离别的女性，一位颇有感悟能力的词人，从生活体验中得来的人生之悟。所以，她总在人们投入纵情欢乐之外，深知人生的相聚和欢乐总是短暂的，感叹人生离多聚少，格外珍惜眼前欢景，更别有一种冷静而超然的生活态度，但调子并不消极低沉，并不缺乏生活的激情。所以，那些生长在清寒之中的梅花，总是既能享受灿烂的春光，也能品味雪中孤独的寒意。

总的来说，这首词在《漱玉词》中别具一格，有一种“芳馨俊逸”的风韵，有一种潇洒的名士风度。这正是青春年少的李清照所独具的气质与风采。

暖雨晴风初破冻，柳眼梅腮，已觉春心动。

酒意诗情谁与共？泪融残粉花钿重。

乍试夹衫金缕缝，山枕斜攲，枕损钗头凤。

独抱浓愁无好梦，夜阑犹剪灯花弄。

——《蝶恋花·离情》

又是一年春季到。当年惜春伤春的少女，如今已是人妻。只是夫君远行，深闺独居，冬去春来时心中别有番滋味。

暖雨晴风，梅红柳绿，大自然早已是一派勃勃生机。春天万物萌发，生机盎然，洋溢着生命的活力。春天又往往让人珍惜美好的青春年华，追求美好的爱情生活。

李清照的艺术感觉是细腻而敏锐的。这“柳眼梅腮”写得十分漂亮、抢眼，风情妩媚，正是喜造新语奇句的“易安体”本色。那嫩柳初长，如一个女孩子微微睁开的媚眼；梅花盛开，好似红颜女子香腮上的朵朵红晕。到处春意融融。李商隐诗中有云：“花须柳眼各无赖，紫蝶黄蜂俱有情”，苏轼《水龙吟》中的柳叶是“萦损柔肠，困酣娇眼，欲开还闭”，都以眼睛比喻柳叶，颇是动人。这柳眼梅腮与“已觉春心动”更有一种微妙的联系。

敏感于四季流转、视爱情如生命的李清照，在这样“暖雨晴风”“柳眼梅腮”的春光里自然“已觉春心动”，女人的怀春幽情油然而生。然而，“酒意诗情谁与共？泪融残粉花钿重”，这热闹明艳的景象却让她心头更增无尽春愁，泪融脂粉，花钿觉重。

刚刚穿上新缝的金缕春衣，她却斜倚山枕，压损金钗。“山枕”即檀枕，其形如“凹”，故称山枕。外面的花团锦簇、良辰美景徒增心头的失落与伤感，故而她慵懒地独自躺在床上，不言不语，想着心事。“独抱浓愁无好梦，夜阑犹剪灯花弄”被人称“入神之句”。一个“抱”字写出了词人一怀浓愁，一个“弄”字点出

了百无聊赖之情。词人的情怀很丰满，无情的现实却很骨感。她深感寂寞无助，想到梦乡去寻求一丝温暖的慰藉，却始终无法入眠。直至夜深人静时分，她仍在明灭不定的光影中闲剪灯花，望着那跳动的心形火焰出神。

据说古时女子常以剪弄灯花来卜数远行人的归期。可见词人心中眷恋难忘的是远方的夫君。唐人王昌龄《闺怨》诗云："闺中少妇不曾愁，春日凝妆上翠楼。忽见陌头杨柳色，悔教夫婿觅封侯。"此时，李清照心头萦绕的也许正是这样一种心绪：唉，夫君远行宦游，何如在家中与我相伴终生呢？

所以，那些柳眼梅腮，那些暖雨晴风，在孤独者眼里反而会带来一种心痛，一种惆怅。李清照就在这爱与痛的边缘挣扎。

大自然一派亮丽春光，与那深闺中寂寞而自闭的幽暗心境，形成了一种鲜明的对照。一面是"柳眼梅腮，已觉春心动"，一面是"山枕斜攲，枕损钗头凤"；一边是火焰，一边是海水；一边是明媚，一边是暗淡。大自然的梅花红艳盛开，而女人的生命之花却"独抱浓愁"，在寂寞中萎损。这真如李商隐所说："春心莫共花争发，一寸相思一寸灰"。

想起张爱玲痛失爱情后的哀叹："我将只是萎谢了"。

花开花谢，片片飘零归于尘土，这是怎样一种令人惊心的红颜劫！

十、云阶月地，关锁千重

——没有情人的情人节，一个人看星星

草际鸣蛩、惊落梧桐、正人间天上愁浓。

云阶月地，关锁千重，纵浮槎来，浮槎去，不相逢。

星桥鹊驾，经年才见，想离情别恨难穷。

牵牛织女，莫是离中。甚霎儿晴，霎儿雨，霎儿风。

——《行香子》

每年阴历七月初七是中国的情人节“七夕”。李清照这首《行香子》就在一次“七夕”节所作。

这首词《历代诗余》题作“七夕”。唐代杜牧有诗云：“银烛秋光冷画屏，轻罗小扇扑流萤。天阶夜色凉如水，坐看牵牛织女星。”说的正是“七夕”的光景。秋夜的星空是辽阔而神秘的。每年七月七日夜里，人们遥望天上的织女星和牵牛星，想起那些美丽的传说，无不感叹。而每每在这样的时刻，那些正受离别相思之苦

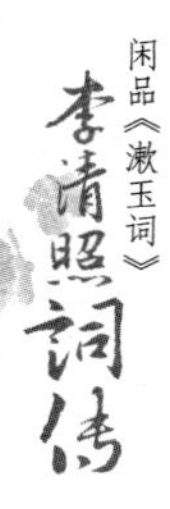

的人心头更是别有一番滋味。

我们可以想象，在一个夜深露重的秋夜，李清照独自一人拿着轻罗小扇坐在庭院里，怀着心事仰望天上的银河。这时只听得“草际鸣蛩、惊落梧桐”。七夕之夜是那么幽静，草丛中蟋蟀的鸣叫格外清晰，连梧桐的叶子都被惊得飘落下来。这种寥落空旷的天籁之声让心头平添一份萧索和寂寞。

王维《早秋山中作》：“草间蛩响临秋急。”这是一种怎样幽清和孤寂的心境！起首这两句极写万籁俱静，蛩声凄切，正是她内心孤寂之情的流露，从而引出了“正人间天上愁浓”。这个时候，不管是红尘世间，还是天上仙界都是离愁正浓的时刻，浓浓愁意笼罩了天地万物。这一句写得汗漫浩茫，包容天地。

“云阶月地，关锁千重”，以云为阶，以月作地，正是天上仙界牛郎织女所在的缥缈浑茫之处。唐杜牧《七夕》诗：“云阶月地一相过，未抵经年别恨多。”平日里“关锁千重”，情侣夫妻天各一方，正是“盈盈一水间，脉脉不得语”。“关锁千重”，极言阻隔之深，致使有情人难得团聚，其中寄托了她的离情别恨。

“纵浮槎来，浮槎去，不相逢。”“槎”是用竹木编成的筏子，可以渡水。这时，情愁难抑的李清照禁不住神思飞驰，产生了幻觉：天宫以月为地，以云为阶，重重关锁，纵然能够乘坐那竹筏在银河中自由来去，恐怕依然一无所遇。

“星桥鹊驾，经年才见，想离情别恨难穷。”她仰望银河双星，眼前浮现出来一个旷阔浩渺的想象世界。从词句中，我们可以感到李清照已经不知不觉将自己的思绪与天上的牛郎、织女融合起来了。一个“想”字，道出了词人对牛郎织女的同情，也表露了一种同病相怜的情怀。她以自己的亲身感受幻想牛郎织女重逢团聚的场面。传说夏历七月七日夜，群鹊在银河相接为桥，渡牛郎、织女，使其相会，称为“鹊桥”，也称“星桥”。分别一年，只得一夕相会，离情别恨，自然年年月月永无穷尽。好容易盼到七夕“星桥鹊驾”相聚的日子，“经年才见”的长期分隔，使情侣之间有了诉说不尽的“离情别恨”。这种推测联想完全是移情的结果，婉转地抒写了人间夫妻难得团圆的苦衷。这几句词意也应是化自杜牧《七夕》诗中的两句：“云阶月地一相过，未抵经年别恨多。”

回到现实，她发现依然“牵牛织女，莫是离中”，自己仍然孤身独处。于是，心中的幽怨冲口而出：“甚霎儿晴，霎儿雨，霎儿风”。天这么一会儿晴，一会儿雨，一会儿又刮风，人间阴晴风雨变化不定，总是给天上牛郎织女和人间夫妻的团聚带来重重阻挠，将有情人阻隔一方。“甚”字加以强调，突出了词人的担心与关切。同时这三句相当口语化的词句充满了感情色彩，也有一种明快的音乐节奏感。

这首词通篇以“七夕”传说为寄托，从静夜蛩鸣、梧桐叶落，由己及人，由人及天，想象飞动，纵横天宇，境界清旷奇丽，襟怀阔大。

“云阶月地，关锁千重”这一句也许并非虚指。据专门研究李清照的学者陈祖美分析，这首词可能作于崇宁三、四年间（1104—1105年）。

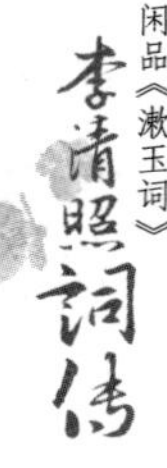

李清照出嫁后的第二年，也就是徽宗崇宁元年（1102年）七月，北宋朝廷因新旧党争发生了著名的“元祐党人碑”事件。李清照的父亲李格非因为是旧党“苏门后四学士”之一而被列入“元祐”党籍。被列入这一党籍的官员共有十六名，均不得在京城任职。李格非名列第五，遂被降职为京东提刑。九月，徽宗亲笔书写元祐党人名单，刻石碑立于端礼门，共三百零九人，李格非在余官第二十六名，罢京东提点刑狱。而同年六月，属新党中坚的赵父赵挺之升任宰相。

同时，朝廷也颁布诏令，元祐党人子弟一律不得留京为官，悉数迁往外地。这时的赵明诚与李清照就像那莎士比亚笔下的罗密欧与朱丽叶，因为父辈的原因不得不暂时分开了。

根据朝廷的诏令，李清照可能随父亲兄弟回到了原籍明水，造成了李清照与赵明诚分居两地。作为一个出嫁仅一年、年仅十九岁的女孩子，京城的夫家已没有了她的立足之地。处境该是多么难堪，心情是怎样的沉郁。到了七月初七这天，她翘首凝望那美丽的星空，想那天上的牛郎织女哪怕被一道天河隔断，一年尚有一次相聚的时刻。而这一次分别不比以往，自己这初嫁之身还能与夫君重新团圆吗？

夜风凉，秋露重，鬓发如丝飞扬。她听到草丛中蟋蟀的叫声也觉得惊心刺耳，梧桐树上的落叶更让她感到寂寞难耐。这人间天上仿佛无处不是愁城。她总是情不自禁地想起那个人。她的神思如风一样飞越了人间天上。俗话说，地上有多少人，天上就有多少颗星，那么到底哪颗才属于你？我的赵郎！

牛郎织女鹊桥相会是那久远的传说，千年的神话。是一年一度的鹊桥成就了一段坚贞的爱情。

有道是：

纤云弄巧，飞星传恨，银汉迢迢暗度。

金风玉露一相逢，便胜却人间无数。

柔情似水，佳期如梦，忍顾鹊桥归路。

两情若是久长时，又岂在朝朝暮暮。

——秦观《鹊桥仙》

在这七夕之夜，在仰望星空的那一刻，李清照才深知这世上有一种感情叫思念，有一种情愫叫牵挂，有一种感觉叫依恋。

此刻的赵郎在干什么？还在摆弄金石、独赏书画吗？有谁为你的案头递上一杯茶？有谁为你的香炉里添上一炷香？天冷时有谁为你披上一件外衣？寂寞时有谁和你赌书泼茶？

“河汉清且浅，相去复几许？盈盈一水间，脉脉不得语。”她想，这七夕之夜，赵郎一定也在想她。正在思量的时候，忽见鹊桥的那头有一位男子向她微笑。她欣然一笑，疾步奔去，不料却一脚踩空，跌向那茫茫的云海当中。她大叫一声，原来是南柯一梦！风寒露冷，抬头看那星空依然灼灼，犹自叹息不已，恨不能依旧回到梦里，恨不能与他深情相拥，一诉衷情！

问世间情为何物，直教人生死相许！

读过李清照的《漱玉词》，我有一个很深的感受：在才华与名气的背后，在那些曾经自信骄傲的神情背后，她的内心其实是如此脆弱，如此惧怕孤独。庭院深深，愁绪深深，生命中那些孤独而寒冷的日子像蛇一样吞噬着她那颗格外敏感的心。

抛开那些大家闺秀、才女、词人的光环，作为一个纯粹意义上的女人，她其实更渴望有一个温暖的怀抱，有一个温馨的家，渴望拥有一个男人最真挚最纯粹的爱。这位宋朝红颜女子的生命其实离不开爱情的滋润，离不开她深深爱着的夫君。一个女人所具有的全

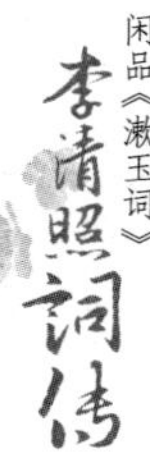

部弱点，她其实都有。

而这正好说明，她的心灵和人格是如此正常，具有一个正常女人全部的、健康的人性需求。

“云阶月地，关锁千重，纵浮槎来，浮槎去，不相逢。”李清照《行香子》词中的这几句，是来自于一个古老的传说。

张华《博物志》卷十记载了这个传说。“旧说云：天河与海通。近世有人居海渚者，年年八月有浮槎去来，不失期。人有奇志，立飞阁于槎上，多赍粮，乘槎而去。十余日中犹观星月日辰，自后茫茫忽忽，亦不觉昼夜。去十余日，奄至一处，有城郭状，屋舍甚严。遥望宫中，多织妇。见一丈夫，牵牛渚次，饮之。牵牛人乃惊问曰：‘何由至此？’此人具说来意，并问：‘此是何处？’答曰：‘君还，至蜀郡访严君平，则知之。’（此人）竟不上岸，因还如期。后至蜀，问（严）君平，（答）曰：‘某年月日有客星犯牵牛宿。’计年月，正是此人到天河时也。”

“槎”是用竹木编成的筏子，可以渡水。旧时传说天上银河与地上大海相连。近世有海岛居民每年八月乘槎来往于大海与银河之间，从不失期。某人突发奇想，立下奇志，欲乘槎做长途航行，去探访银河。他在槎上建造了阁楼（用来瞭望），又备足干粮，于是浮槎而去。在航行的十几天里，他天天都在观看日月星辰，然后就进入了迷茫世界，没有了昼夜之分。大概出发了十几天，他到了一处地方，像是一座城市，房舍层层叠叠，甚是壮观。放眼望去，只见宫殿中有许多织女，又看到一男子牵着牛在岛边让它边走边饮。忽然，牵牛男子发现了这个陌生的访客，惊奇地问道：“你怎么会到这里？”访客说明了来意，接着问牵牛人此为何地。牵牛人回答说："你回去后，到蜀郡拜访严君平，他会告诉你的。"这位访客最后没有上岸游览，按期回到了出发地。后来此人到了蜀郡，找到严君平，询问这件事。严君平说："某年月日有客星犯牵牛宿。"一核对日期，客星侵犯牵牛宿的时间，正是此人到银河（遇见牵牛人）的时候。

又传说这位"浮槎"人就是西汉时通西域的张骞。《渊鉴类函》引《荆楚岁时记》："汉武帝令张骞使大夏，寻河源。乘槎经月，而至一处，见城郭如州府，室内有一女织；又见一丈夫牵牛饮河。骞问曰：'此是何处？'答曰：'可问严君平。'织女取机石与骞俱还。后至蜀问君平，君平曰：'某年某月客星犯牛女。'机石为东方朔所识。"

牛郎织女传说则由来已久。《诗·小雅·大东》就有关于织女、牵牛星宿的记载："维天有汉，监亦有光。跂彼织女，终日七襄。虽则七襄，不成报章。睆彼牵牛，不以服箱。"一般认为这就是牛郎织女传说的萌芽。《诗·周南·汉广》："汉有游女，不可求思。"据有关史料记载，这里的"汉"也可能是指"天汉"。

南朝任昉的《述异记》里有这么一段："大河之东，有美女丽人，乃天帝之子。机杼女工，年年劳役，织成云雾绢缣之衣，辛苦殊无欢悦，容貌不暇整理。天帝怜其独处，嫁与河西牵牛为妻。自此即废织纴之功，贪欢不归。帝怒，责归河东，一年一度相会。"南朝的宗懔在《荆楚岁时记》里有这样的记载："天河之东，有织女，天帝之子也。年年织杼役，织成云锦天衣。天帝怜其独处，许嫁河西牵牛郎。嫁后遂废织纴。天帝怒，责令归河东。唯每年七月七日夜，渡河一会。"

两者都讲了大致的故事：天河的东边住着织女，是天帝的女

儿。年年在织布机上劳作，织出锦绣天衣，自己都没有空闲打扮。天帝可怜她生活孤单，准许她嫁给天河西边的牛郎。织女出嫁后，荒废了纺织的工作。天帝大怒，责令她回到天河东边，只许他们一年相会一次。《风俗通义》里也有记载：“织女七夕当渡河，使鹊为桥。”

这些传说其实反映了先民对美好生活与爱情的想象和神往。

归鸿声断残云碧。背窗雪落炉烟直。
烛底凤钗明，钗头人胜轻。

角声催晓漏。曙色回牛斗。
春意看花难，西风留旧寒。

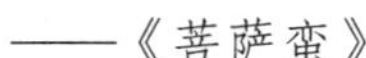
——《菩萨蛮》

暮色里，从天上传来归鸿的叫声，引发了深闺女子的相思之情。那凄凉的雁声渐渐消失了，人们想寻觅它的踪影，可是天空中只剩下几朵悠悠飘荡的碧云。窗外正飘落着纷纷扬扬的雪花，房中则升起了一缕又细又长的炉烟。

在烛光映照下，女子头上插戴的凤钗显得十分明亮。而凤钗上所装饰的用彩绸或金箔剪成的人胜或花胜则显得轻盈飘忽，在颤巍巍地晃动。

不多时，军营中的角声远远地鸣响起来，斗转星移，曙色渐明。想来那些报春的花儿该开放了吧，但早春的西风余威犹在，外出看花难免会遭遇料峭春寒。因为春寒料峭，恐怕赏花的心情也没有了！从“残云碧”到“凤钗明”再到“曙色回牛斗”，以至天明。可见这深闺中的女子竟是一夜无眠，人既憔悴，心亦凄凉，早已无心看花。其实，她何止畏寒？“西风留旧寒”留的不只是天气的寒意，而且是心中的阵阵寂寞孤寒。

这首词的情感触发点是天上的归鸿唳叫之声。待那闺中女子开窗看时，那鸿雁渐渐远去，仰望苍穹只有那暮色中的深碧残云飘来荡去，女子望着那鸿雁远去的方向凝想如痴。“残云碧”令人想起了温庭筠的《梦江南》：“千万恨，恨极在天涯。山月不知心里事，水风空落眼前花。摇曳碧云斜。”都是望着天上的碧云凝思默想，这相思之意正相仿佛。

入夜，窗外雪雾迷蒙，闺中炉烟静直，既静且美。“直”字颇为形象，好似见那袅袅细香笔直如线，纹丝不动，可见深闺之静谧无风。天上归雁声歇，只见残云如碧，窗外雪花飘舞，室内烟线静直，这让人想起王维的“大漠孤烟直”。

“烛底凤钗明，钗头人胜轻。”烛光下凤钗明光溢彩，钗头人胜轻盈飘忽。一个“明”字，一个“轻”字尽得深闺女子轻盈姣美之态。入夜时风寒雪飘，正当卸妆就寝才是，这女子却在烛光下精心打扮，头插凤钗，插戴“人胜”。

这闺中女子如此妆饰打扮自己是为什么？她头上的“人胜”泄漏了心里的秘密，原来这一天是正月初七“人胜”日。可见，这首词写的是“人胜”日，即正月初七这天发生的事情。这是古人很看重的“人日”，一个思乡怀远的日子。这一天，古时的妇女们都会用五彩的丝帛、绸缎剪成“幡胜”饰物戴在头上。温庭筠就有句云：“藕丝秋色浅，人胜参差剪。”讲的就是“人日”的思远女子装扮。《荆楚岁时记》载：“人日（旧历正月初七）剪彩为人……又造花胜以相遗。”宋时风俗，于立春日戴人胜。隋代薛道衡《人

日思归》：“入春才七日，离家已二年。人归落雁后，思发在花前。”可见人日戴人胜亦是表达相思的传统意象。

所以，这首词写的是早春人日的思念远人之情。

夜来沉醉卸妆迟，梅萼插残枝。
酒醒熏破春睡，梦远不成归。

人悄悄，月依依，翠帘垂。
更挼残蕊，更撚余香，更得些时。

——《诉衷情》

哦，李清照又喝酒了，而且，她还喝醉了。

因为喝醉，所以她迟迟没有卸去头上的钗簪，没有洗去宿妆铅华，鬓发间还插着一枝梅花，便沉沉睡去了。

那远方的夫君在梦里归来，眉目疏朗，笑容温暖，让她内心欣喜无限。不料，她正欲和夫君说话，却被一阵奇异的浓香惊醒。醉意渐渐消退，一股清幽的香气却不断袭来。原来是梅香扰乱了她的好梦，这让她感到一阵怅然若失。

无奈，她推开锦被，披衣而起，朝窗外望去。天还没有露出曙光，四周一片沉寂，窗前翠帘低垂，只有那孤零零的月亮挂在天上。银色的月光照着院子的梅树，也透过窗户照入深闺，洒了一地的清辉，洒在词人李清照身上。

此时，天地间万籁俱寂，月华清寒，唯有这梅花，“伴我情怀如水”。

月光里，她痴痴地想着心事，却下意识地用手一瓣瓣地撕下

梅花的残蕊，又一点点地将花瓣捻碎，无聊中打发着这令人伤情的残夜……

这首《诉衷情》词写尽了长夜漫漫的等待，午夜梦回的无奈，独守空闺的百无聊赖。

读这首词不禁让人想起唐人金昌绪的《春怨》：

打起黄莺儿，
莫教枝上啼。
啼时惊妾梦，
不得到辽西。

黄莺的歌声是美妙的，是闺中的女子平日里所喜欢的。但是，它的饶舌却惊扰了她的甜蜜梦境。女主人为了在梦中与自己远戍辽西的丈夫团圆，居然将黄莺儿赶走，别让它的叫声惊醒了自己的梦。

看看，和李清照这个夜晚的心情多么相似！也许她将那未做完的团圆梦归罪于手中的那朵残梅了，是它的香气惊扰了她与丈夫在梦中的相会。一旦从这样的梦中醒来，一种巨大的孤独感如潮水般向她心头涌来，无边无际，将她深深地淹没。她夜不成眠，百无聊赖，盼望着远行的良人归来。

“梅萼插残枝”，李清照笔下的梅花曾经开得那样娇艳烂漫，魅力四射，在这个夜晚却显得孤枝无依，残花零落，仿佛预示了词人内心情感世界的苍凉。“酒醒熏破春睡”，一个“熏”字引起嗅觉上的强烈感受，极写梅香之浓郁，也写尽美梦难圆之“怨”，这种幽怨其实在心头积郁已久。

"人悄悄，月依依，翠帘垂"，寥寥数语勾勒出一个幽静安谧的春夜。"更挼残蕊，更捻余香，更得些时。"久不成寐，帘映月影，手拈梅花，轻揉慢捻，单调的动作包含着复杂的心绪和情感。那被捻成片片碎红的梅花，透出李清照孤寂清冷的内心世界。此时，她心里还默默地计算着，等到天亮还有些时间。

"更挼残蕊"中用一个"挼"字来表现女子心境寂寞无聊时的动作。薛昭蕴《小重山》中就有"手挼裙带绕阶行，思君切，罗幌暗尘生"的句子；顾敻《荷叶杯》词中也有："手挼裙带独徘徊。"这里，李清照是"更挼残蕊"，表达的那种孤寂之感似更深切。

三个"更"字，连绵递进，层层叠叠，写出一种深入骨髓的寂寞与哀愁。在没有人陪的日子里，寂寞已经成了李清照的影子。任凭她怎样摆脱寂寞，都是徒劳的。有谁能摆脱自己的影子呢？

"众芳摇落独暄妍，占尽风情向小园。"就连曾经风情无限、占尽风光的梅花，如今也和她一样，渐渐在孤寂中凋残。梅花陪伴着她，排遣心头愁绪，消磨这难挨的时光。寂寞至此，让人情何以堪！

我想，她之所以孤寂至此，应当与赵明诚长期宦游在外有关。而那瓣瓣残梅，飘落在风中，宛然是片片飘零的心。

沉水香消人悄悄，楼上朝来寒料峭。
春生南浦水微波，雪满东山风未扫。

金尊莫诉连壶倒，卷起重帘留晚照。
为君欲去更凭栏，人意不如山色好。

——《木兰花令》

沉香消尽，人静无语。小楼春早，寒意料峭。这正是一个送别的早春天气。那南浦的春水正轻漾着微波，远处的东山之上则堆满了厚厚的积雪。

两人举起了酒杯，却都无言语，一饮而尽后又重新斟满。词人放下酒杯，卷起帘子，那窗外西天的斜阳晚照令人顿觉伤感。只因为你要远去，我只得再凭栏远望。你看，那斜晖映照下的山川景色多么美丽，只是你我在这离别之时却无心欣赏。

从词意看，这是一首送别词。夫君要远行，李清照以酒席饯行，殷勤劝酒，依依惜别。

“沉水香消人悄悄，楼上朝来寒料峭。”写的是早春的情境和氛围。香炉中沉香已经燃尽，小楼中寒意料峭，而一双人儿因即将分别，心事重重，相对无言。接下来就一下子写到了南浦之水和东山之雪：“春生南浦水微波，雪满东山风未扫。”此句既写时令，又写风景。“南浦”本意为南方的水边，此处是取“送君南浦”之意，指离别之处。“雪满东山风未扫”一句显得景象辽阔苍茫。祖咏有诗云：“终南阴岭秀，积雪浮云端。林表明霁色，城中增暮寒。”杜甫有诗云：“窗含西岭千秋雪。”这都表现的是一种天高地远的风雪景象，其中，也自有深沉的寓意。唐朝岑参《白雪歌送武判官归京》有句云：“轮台东门送君去，去时雪满天山路。山回路转不见君，雪上空留马行处。”此处雪满东山正是此意。

“金尊莫诉连壶倒，卷起重帘留晚照。”写两人饮酒饯行，一醉方休。当卷起重帘时，竟已是日落西山。北宋宋祁《玉楼春》有句云：“为君持酒劝斜阳，且向花间留晚照。”意思是要向斜阳殷勤劝酒，让它不要过早离去，在花间将落日阳光多留下片刻。有挽留时光、多尽余欢之意。这里，词人“卷起重帘留晚照”也似有此

意，让夫君多盘桓一刻。

“为君欲去更凭栏，人意不如山色好。”这两句意蕴颇值得回味，写的正是词人心中依依送别之情。眼前晚霞中的山川景色远比人心中的离情别绪更好。当然，也可能还有对夫君执意要远行的一丝怨意。山色虽然美好，人却去意执着，故说：“人意不如山色好。”

如此美好山色，竟然留不住他的那颗心，她心中无奈而又伤感。

十一、风定落花深，帘外拥红堆雪

——暮春时节的思念与伤感

风定落花深，帘外拥红堆雪。
长记海棠开后，正伤春时节。

酒阑歌罢玉尊空，青缸暗明灭。
魂梦不堪幽怨，更一声啼鴂。

——《好事近》

“风定落花深，帘外拥红堆雪。”风停了，帘外落花缤纷如雨，深红与雪白满地堆积。让人不禁想起薛昭蕴的《谒金门》：“斜掩金铺一扇，满地落花千片。”

“长记海棠开后，正伤春时节。”落花时节，种种昔日的记忆涌上心头。李清照对海棠花也是情有独钟的。海棠有“花中神仙”之美称，花开时如霞似雪，俏丽娇娆。她的《如梦令》中就有此花：“昨夜雨疏风骤。浓睡不消残酒。试问卷帘人，却道海棠依旧。知否、知否？应是绿肥红瘦。”那正是她待字闺中时的春愁。海棠对她而言有着某种特殊的情感寓意，是她青春与生命的某种象征。大风过后的帘外落花，让她想起了当年绿肥红瘦的海棠，应是别有滋味在心头。

正所谓“屈指西风几时来，只恐流年暗中换”，年年岁岁花相似，岁岁年年人不同。红颜在一天天老去，今日之我已非昨日之我。

酒已残，歌已尽，杯中已空空如也，眼前只有那灯影忽明忽暗，如梦似幻。即使在睡梦中，心头也会幽怨难释。醒来时，窗外鶗鴂的凄凉悲啼，更令人心中怅然若失。

这是一幅深闺暮春图，整个画面幽暗、凄清、空冷。置身于如此环境中，心情之凄怆尽在不言之中。

这首词的意境是徐徐铺开的，风的停息，使帘内、帘外一片静谧。静谧之中，落英缤纷、拥红堆雪的景象令人陷入深深的惆怅。想起胭脂红色的海棠花开花落，令人备感流光无情，黯然神伤。哪怕饮酒高歌，也有曲终、酒残、人散的时候。醉眼蒙胧中，那灯光明明灭灭，幽昧无常。

人啊，已经不堪哀怨与寂寞，幽暗明灭的灯火中，却听到窗外传来凄绝的鶗鴂啼叫声，直教人肝肠寸断！

所以，词中具有丰厚情感体验积淀的意象出现也呈现出一个明显的转换、加深过程，意象背后的情感累积也不断地堆高。最后一句“魂梦不堪幽怨，更一声啼鴂”，将原本淡静幽缓的意境骤然打破。不啻是词人内心积累多时的某种激情与哀怨诉诸听觉，最后借这“一声啼鴂”猛然释放，成为全词高潮，凄怆警人，余味激荡。

真是一鸣惊人!

这让我想起辛弃疾的词：“青山遮不住，毕竟东流去。江晚正愁余，山深闻鹧鸪。”空阔寂寥中，深山里传来阵阵鹧鸪声，更增愁意，更添凄凉。以鸟叫声作为诗词的结尾，常常有言已尽而余韵悠悠不绝的感受。

辛弃疾在《贺新郎》词中也有：“绿树听鹈鴂。更那堪、鹧鸪声住，杜鹃声切。啼到春归无寻处，苦恨芳菲都歇。”当然，不同的鸟叫声给人的感受和寓意是不同的，在不同的环境氛围和人的主观情绪下，它们的情感色彩也有差别。《稼轩词》里的鶗鴂自有男儿悲慨。

如屈原《离骚》所言：“恐鹈鴂之先鸣兮，使夫百草为之不芳”，鶗鴂的叫声在暮春时常能听到，那时百花开始凋落，有如一声声好景不再、大幕将落的伴奏。所以，李清照这句“更一声啼鴂”，强烈地呼应了开篇“风定落花深，帘外拥红堆雪”的感受。凄绝的鴂啼声和纷纭的落花形成听觉和视觉意象的交相激荡，熏染和刺激着我们的心理审美感受。

又想起了吴宇森导演的《赤壁》。

尽管那是一部我很不感兴趣的电影，但吴宇森运用了“飞翔的鸽子”这一形象，在两个壁垒森严的阵营之间穿行高飞，使传统三国戏有了一种新的审美表达。

再通俗一点来说，在电视剧《射雕英雄传》里，导演对大雕的意象运用很让人欣赏。那是一种草原文化的象征，也是主人公命运

的象征。它从大漠来，并出现在江南，其实也象征了主人公闯荡江湖、搏击风雨的人生，象征了来自草原的爱情。当然，也含有成吉思汗作为射雕英雄的寓意。

雕鸣声声里，江湖儿女的英雄侠骨之外，也透出缕缕似水柔情，令人悄然动容。

大象无形，大道相通。

各门艺术其实都是相通的。诗词歌赋、小说散文、美术音乐、电影雕塑，无非是运用各种艺术手段调动人的视觉与听觉，甚至是触觉和嗅觉，形成一种新的审美感受而已。

帝里春晚，重门深院。草绿阶前，暮天雁断。

楼上远信谁传？恨绵绵。

多情自是多沾惹，难拼舍，又是寒食也。

秋千巷陌人静，皎月初斜，浸梨花。

——《怨王孙》

京城的暮春时节，本是热闹繁华，莺歌燕舞的大好时光，而女词人却独自在“重门深院”里，无法与丈夫一同去亲近大自然，岂能不叫人顿生愁怨呢？

“帝里”指皇帝居住的地方，这里指东京汴梁。“春晚”指暮春。东京汴梁是热闹繁华的所在，暮春是莺啼花开的季节。“重门深院”是李清照独处时周遭的环境氛围，“重门”显其府第之森

严，“深院”微露表明幽深闺中之寂寞惆怅。

“草绿阶前，暮天雁断。”《历朝名媛诗词·卷十一》说这两句“极似唐人”，其实这两句意味十分深厚。庭前草绿，让人忆及“王孙游兮不归，春草生兮萋萋”。暮天雁断，古时传说中雁能传书。前面《一剪梅》中“云中谁寄锦书来，雁字回时，月满西楼”，此处是说雁书已断，音讯不知。“楼上远信谁传？恨绵绵。”李清照在西楼望见庭阶前春草绿了，天色渐晚，天边归雁已无踪影。雁且知归，人竟不返，勾起她的无穷怨意。如今连雁影都不见，音讯杳无，心中幽恨绵绵不绝。

“多情自是多沾惹，难拼舍，又是寒食也。”这三句把词人内心无比复杂的感情很精当、很巧妙地表现出来。她自怨多愁善感，登楼望远易生挂念，而多情则多烦恼。然而却又难以割舍，倏忽间发觉又一个寒食已近。这一句“又是寒食也”很是生动，虽然浅近却雅致。我们好像听到李清照在耳边感叹：“这一晃就又是寒食天了。”归人尚无消息，当此良辰美景，将如何消度？

“秋千巷陌人静，皎月初斜，浸梨花。”这三句描绘出一个凄清皎洁、如梦如幻的境界。当夜深人静，秋千空荡，巷陌寂寂，皎月初斜，洁白的梨花沉浸在银色的月光里。那月光下的梨花不由触起了人的离情别绪。这离愁轻如云，薄如雾，如月光绵绵不绝，在心头萦回不去。

这首词应该和《一剪梅》作于同时，都是暮春时节，赵明诚出游不归，李清照幽居独处时所作。

“秋千巷陌人静，皎月初斜，浸梨花。”这一句写得幽静、清

奇、梦幻。

帝里暮春，夜深人静。秋千架空荡荡地随风摇曳，街巷里已经不见人影。天上斜挂的明月皎洁轻寒，那树树梨花沐浴在月光下，如梦如幻。

此处的"梨花"即见梨花思远人之意。"梨"借作"离"，谐音双关，在汉乐府诗中常见。前面李清照《浣溪沙》也写到了雨中的梨花："细风吹雨弄轻阴，梨花欲谢恐难禁。"写轻风吹动细雨，而美丽娇弱的梨花似乎承受不住风雨，意欲凋谢，写出梨花在雨中楚楚可怜的娇弱之态。

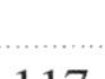

同时，"梨花"也隐指眼泪，如"泪带梨花"。梨树在春末开花，其花色白而艳美，故古人常以梨花之飘落来形容女子楚楚动人的眼泪。著名的诗句有白居易的《长恨歌》："玉容寂寞泪阑干，梨花一枝春带雨。"这是形容杨贵妃哭泣时的姿态，犹如沾着雨点的梨花一样。北宋欧阳修《渔家傲》有："三月芳菲看欲暮，胭脂泪洒梨花雨。"宋赵令畤《商调蝶恋花》："弹到离愁凄咽处，弦肠俱断梨花雨。"唐刘方平《春怨》："寂寞空庭春欲晚，梨花满地不开门。"以及宋李重元的《忆王孙》："萋萋芳草忆王孙，柳外楼高空断魂。杜宇声声不忍闻。欲黄昏，雨打梨花深闭门。"

故此处"秋千巷陌人静，皎月初斜，浸梨花"也有离情难抑以致眼中噙泪之意，这让人想起温庭筠《菩萨蛮》中的"满宫明月梨花白，故人万里关山隔"。那也是难得的佳句，是非常清奇空灵、境界开阔的景象。著名作家汪曾祺先生曾经提到，"红杏枝头春意闹"中的"闹"，"满宫明月梨花白"中的"白"字用得好。正如王国维所说，仅此一字而境界全出矣！

这里的"白"字烘托出"明月照梨花"的那一派清旷、空灵、寂静乃至有些凄冷的境界。试看，宫室之内月光澄明清澈，点明这又是一个不眠之夜。那位绣衣的女子走到窗前一望，只见月光下的梨花正在盛开，光色如雪。室内、室外景色一派空灵、雪白，也有些凄清。举目远眺，关山重重，挡住了视线，而她心中的那位故人就在那看不见的万里关山之外。

这种情境与李清照笔下的离人凭楼望远、月浸梨花的景象何其相似！

李清照的词婉约清丽，用词少奢华、重朴素，而情感则表现得深厚而强烈。她的词之所以感人至深，乃是由于她擅长用平平常常的语句，出人意料地巧绘出一个不平凡的艺术境界来。

寂寞深闺、柔肠一寸愁千缕。
惜春春去，几点催花雨。

倚遍阑干，只是无情绪。
人何处，连天芳草，望断归来路。

——《点绛唇》

《点绛唇》是很女性化、很脂粉气的词牌。

据说这个词牌是因齐梁才子江淹《咏美人春游》中"白雪凝琼貌，明珠点绛唇"一句而得名。江淹就是传说梦中得到神授彩笔的才子江郎，后来交还彩笔，文思便枯竭。他这首《咏美人春游》写得颇好：

江南二月春，东风转绿苹。
不知谁家子，看花桃李津。
白雪凝琼貌，明珠点绛唇。
行人咸息驾，争拟洛川神。

春天里的江南，一个女孩子在游春看花。只见她肤白如雪，皓齿红唇，让路上行人纷纷驻足观望，把她比作洛水里的女神。《点绛唇》又名《点樱桃》《十八香》《南浦月》等。所谓“樱桃”，就是古人常说女孩子的樱桃小口。也可能特指一种只在唇中间轻点一抹樱红的化妆造型，俗称“一点红”。所以，这个词牌有很浓的脂粉气息，妖娆、娇艳、可人。这么美的词牌，相信古时懂点诗词的女孩子都会喜欢用来抒写情怀。

李清照这么爱美的女词人当然不会例外。在少女时代，她就写过那首有名的《点绛唇》：

蹴罢秋千，起来慵整纤纤手。
露浓花瘦，薄汗轻衣透。

见客入来，袜刬金钗溜。
和羞走，倚门回首，却把青梅嗅。

少女时代的这首《点绛唇》写得清纯浪漫，一派青春气息。同样写于春天，上面这一首“寂寞深闺、柔肠一寸愁千缕”却写得低婉、惆怅。

暮春时节，花落如雨。深闺里弥漫着一种落花般颓伤和无奈的气息。无边的寂寞如潮水向那深闺女子的心头涌来，使她的目光幽深如潭水千尺。

春天即将远去，过去的欢乐只剩下记忆：曾经在“归来堂”品赏金石书画，曾经在一起赌书斗茶，曾经携手品月赏花，吟诗赋词，如今只剩她独守空闺，愁看暮春。

“惜春春去，几点催花雨”，淅淅沥沥的雨声在寂寞女子的心湖中空荡地回响，催着落红，也催着春天归去的脚步。唉，心中越是珍惜这美好的春天，春天却越容易流逝，何必执着挽留？昨天，眼前还是一树灿烂如云的花朵，如今在凄风冷雨的敲打下悄然落尽了繁华。再美好的春天终归还是要离去的，再美艳的娇娘也终归和花一样会凋却朱颜。

这个寂寞暮春里，明眸皓齿的女子拖着曳地的裙幅，轻摇着罗扇，倚遍了每一寸相思栏杆。风吹衣袂，落红漫天飘洒。她在沉醉中轻笑不语，伸出纤手，拈来一片轻嗅。而此时，千丝万缕的愁绪点点浸入心中。纵是春天千般万般好，怎奈也是无情绪。

“人何处，连天芳草，望断归来路。”她的心绪渺茫，目光一直停留在那良人离去时的远方。

那里是漫漫连天芳草，一眼望不到头。望着远方，她喃喃轻问一声：“良人啊，你在何处？”不知不觉，已是泪眼模糊。在她内心深处，始终牵挂着那样的一个人。在梦里，他眉目潇然，语笑清朗，深情款款；他一袭青衫，书卷在握，轻抚娇妻的额发，眼中温柔无限。如今，眼前却只有那一眼望不到边的连绵芳草。

这情景让人想起一首诗：

你见，或者不见我
我就在那里，不悲不喜

你念，或者不念我
情就在那里，不来不去

你爱，或者不爱我
爱就在那里，不增不减

你跟，或者不跟我
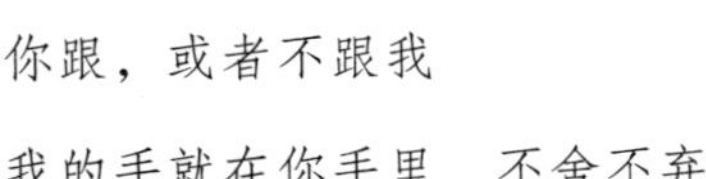
我的手就在你手里，不舍不弃

来我的怀里
或者让我住进你的心里
默然相爱
寂静欢喜

——《见与不见》

（这首诗很多人以为是仓央嘉措所作，其实作者是当代的一位女诗人，名叫扎西拉姆·多多。）

远处的萋萋芳草，近处的愁红惨绿，让这淅淅沥沥的“催花雨”显得格外清冷寂寥。令深闺女子百事无心、忧烦愁苦。女人的

幸福在男人离去的那一天就已经消失，从此寂寞如盘在心头的蛇，冰冷而残酷地吐着信子，随时能将她的心噬咬得千疮百孔。

每每读罢李清照接近后期的一些词，心中总笼上一层清冷的愁意。不过，与李清照南渡后晚年那些接近绝望颓伤的词不同，现在这首《点绛唇》所流露的惆怅、忧伤仍然是优美和优雅的，并不是彻底的灰暗与绝望，而是一种轻笼着忧伤闲愁的美，仍然看得见生命里隐隐的激情与热量，仍然有一种对爱情的期盼和等待。

所以，明代陆云龙在《词菁》卷一中称这首词是“泪尽个中”，清人陈廷焯的《云韶集》也盛赞此作“情词并胜，神韵悠然”。

十二、新来瘦，非干病酒，不是悲秋

——李清照与赵明诚的十年之痒

香冷金猊，被翻红浪，起来慵自梳头。
任宝奁尘满，日上帘钩。
生怕离怀别苦，多少事、欲说还休。
新来瘦，非干病酒，不是悲秋。

休休！这回去也，千万遍阳关，也则难留。
念武陵人远，烟锁秦楼。
惟有楼前流水，应念我、终日凝眸。
凝眸处，从今又添，一段新愁。

——《凤凰台上忆吹箫》

这是一首值得细细品味的词，它透露了李清照内心深处某些不愿为外人道的伤痛。浪漫雅致的诗词背后，可能有现实婚姻生活的平凡与琐屑，也有内心深处的潮起潮落。

“香冷金猊，被翻红浪，起来慵自梳头。”一夜过去，狻猊形铜香炉里的香已经熄灭冷却了，一个“冷”字似乎预示了词人的心情与思绪。锦被随意地在床上波纹起伏，恍似卷起层层红浪，形容慵懒得无心叠被。词中的女子起床后慵闲地、慢慢地梳理着头发。“被翻红浪”出自柳永《凤栖梧》一词：“酒力渐浓春思荡。鸳鸯绣被翻红浪。”似乎也暗指昨夜与夫君的一夜缠绵。“起来慵自梳头”，《诗·卫风·伯兮》有云：“自伯之东，首如飞蓬。岂无膏沐，谁适为容？”说的是丈夫从军出征在外，妻子无心梳妆，无心梳妆自是心情的缘故。

“任宝奁尘满，日上帘钩。”“奁”是女子梳妆用的镜匣。她任那梳妆镜奁上布满灰尘，却也无心去擦拭，任那升起来的日影照上了帘钩，她也只是懒懒地、无语地怅然远望。这几句中的意象为全词定下了一种慵懒怅然、百无聊赖的情绪基调。让人想起温庭筠《菩萨蛮》里的两句：“懒起画蛾眉，弄妆梳洗迟。”柳永《定风波》中也有类似描述：“日上花梢，莺穿柳带，犹压香衾卧。暖酥消，腻云亸。终日厌厌倦梳裹。”写的也是这样一位处于相思痛苦中而慵懒不愿起床、不愿梳妆的女子。

“生怕离怀别苦，多少事、欲说还休。”这三句开始吐露心曲。她已经对离别之苦、之痛产生了畏惧。心中纵有千言万语，却话到嘴边又咽下。她心中有许多的委屈和苦恼，想对人倾诉，却又无从启齿。到此，词意又多了一个转折，心中愁苦更深更浓。

“新来瘦，非干病酒，不是悲秋。”她最近人又消瘦了，但这与病和酒都没关系，也不是悲秋所致。在古人印象中，“日日花前常病酒，敢辞镜里朱颜瘦”（冯延巳《鹊踏枝》）可令人消瘦，“万里悲秋常作客，百年多病独登台”（杜甫《登高》）也会让人朱

颜清减，而自己为何消瘦呢？整日心事重重，愁意郁结，焉得不瘦？

“休休！这回去也，千万遍阳关，也则难留。”罢了罢了，这回你要走，即使唱千万遍《阳关三叠》，也终是难留。“阳关”即《阳关三叠》，又名《阳关曲》，是古琴曲。全曲分为三段并反复三次，因此称为“三叠”。相传唐朝诗人王维送别友人到渭城，心中惆怅，便赋诗一首：“渭城朝雨浥轻尘，客舍青青柳色新。劝君更尽一杯酒，西出阳关无故人。”这首诗不久即传开，立刻轰动了京城。后来，《渭城曲》也成为人们为朋友饯行时的送行歌。这几句是口语入词，妙在自然，也正是“易安体”的特色。

“念武陵人远，烟锁秦楼。”“武陵人”应是指历史上的两个典故，一是指陶渊明《桃花源记》里“以捕鱼为业”的武陵渔人，他顺着一条两岸尽是桃花的溪流而上，到了一个世外仙境。另一个则指南朝宋刘义庆《幽明录》记载的刘晨、阮肇，他们二人在天台山遇仙女后与仙女同居，后来谢绝了仙女的一再挽留，回到了家乡。然而，回乡后却发现家乡的人们已经不认识他们了。原来人间已经过了六世。李清照这里显然是用后者来代指夫君，指心爱之人像刘、阮两人一样难留。“秦楼”，一称凤楼、凤台。相传春秋时有个人叫萧史，善吹箫，做凤鸣。秦穆公以女弄玉妻之，筑凤台以居。一夕吹箫引凤，夫妇乘凤而去。此典既写她对夫君的思念，也写夫君对自己妆楼的凝望。同时这萧史弄玉吹箫引凤的典故，也是《凤凰台上忆吹箫》词牌的由来。这首词的词意与词调是暗合的。

“惟有楼前流水，应念我、终日凝眸。凝眸处，从今又添，一段新愁。”那“武陵人”越去越远了，人影也消失在迷蒙的雾霭之中，李清照一个人在“秦楼”默默凝望。她心中有千般滋味无人理解。唯有楼前流水，映出自己终日倚楼的身影。

夫君啊，你渐行渐远的脚步声，似乎还回荡在耳边。望尽天涯路，也终究只是“过尽千帆皆不是，斜晖脉脉水悠悠”。

读词的感觉常常分为两种，一种是被词的语言与词境的优美所打动，如花间词人温庭筠就有许多辞藻华丽、意境优雅的词作；另一种是被词本身的情感力量所打动。这首词就应属于后一种。

这首词作于夫君赵明诚离家远赴莱州、淄州任职，李清照一人独居青州之时。细读这首词，常常感到一种入骨的缠绵和忧伤。不仅仅是词的开篇就有失落的离愁情绪与意象的铺陈和渲染，词中更多的是一种幽幽咽咽的悲怨与缠绵。清人陈廷焯评论道：“此种笔墨，不减耆卿、叔原，而清俊疏朗过之。‘新来瘦’三语，婉转曲折，煞是妙绝。”张祖望说：“词虽小道，第一要辨雅俗。结构天成，而中有艳语、隽语、奇语、豪语、苦语、痴语、没要紧语，如巧匠运斤，毫无痕迹，方为妙手。古词中如……‘惟有楼前流水，应念我、终日凝眸。’痴语也。”《草堂诗余》中称此词：“写出一种临别心神，而新瘦新愁，真如秦女楼头，声声有和鸣之奏。”

此词称得上李清照前期的代表作。

应当说，这首词写的是夫君远行前送别时那一刻的心理感受：离别前的一夜缠绵，说了多少知心话，倾吐了多少离愁别绪，我们不得而知。但这女子慵懒地梳头模样，以及心灰意冷的情绪，已经说明夫君是非走不可了。

“生怕离怀别苦，多少事、欲说还休。新来瘦，非干病酒，不是悲秋”，女子心中有着千般委屈和怨苦，却是欲说还休。可是为什么不说出来呢？近来她人也都清瘦了，她说了这与病和酒无关，

也与秋季无关。那么，就只与人有关，与夫君有关，与他执意要走、无视她的心理感受和委屈有关。

“休休！这回去也，千万遍阳关，也则难留”，女子只好长叹一声，罢了罢了，总之是一去不回头了，她只得随他去了。“惟有楼前流水，应念我、终日凝眸。凝眸处，从今又添，一段新愁。”她今后的日子注定要在思念与寂寞中度过。词中这些近乎直白的词句都是一个深闺女子心中万种幽怨的独白与倾诉，甚至还有些生气的怨嗔。

这首词似乎在某些方面与李清照其他表现送别离情的词不同，它具有一种来自现实婚姻生活本身的情感力量。那种情绪氛围，那种怨嗔与叹息，那种曲曲折折的心事诉说，都仿佛与“为赋新词强说愁”完全不同。它的情感表达方式可谓绵密细腻，哀怨缠绵。唐圭璋先生评价这首词：“此首述别情，哀伤殊甚。”

所以，李清照的词打动我们的地方就往往体现在这里：这些词与她的生活、与她的情感、与她的生存状态息息相关。她的每一首词都是她的一段内心独白，一篇私密情感日记，透露着真诚与深情。

据学者研究，在李清照和赵明诚婚后的十几年时间里，感情生活并非没有出现波折。曾在《百家讲坛》讲评李清照的康震教授就分析过这首《凤凰台上忆吹箫》。他从“念武陵人远，烟锁秦楼”两个典故中品出了另一番味道。他说，在“烟锁秦楼”的典故中，弄玉与萧史双宿双飞。但现实生活中，李清照却没有能够与赵明诚一起飞走，飞到赵明诚的身边。赵明诚为何不带着家属去呢？此时不管赵明诚到哪里做官都应该可以携带家眷。在李清照看来，她和丈夫应该像传说中的弄玉萧史夫妇一样随凤飞升，但赵明诚却偏偏要她留在青州。李清照其实可算作一位比较有个性、有思想的知识女性，在这个问题上对夫君的做法是有些怨意的。李清照在词中说“多少事、欲说还休”，想必这也是她想说而不好启齿的心事之一。

在“武陵人远”的典故中，那刘、阮二人离家迷路后，便与天台山山洞中的仙女生活了半年时间。那么在现实生活中的赵明诚是否有相同的境遇？在词的结尾，她说：“应念我、终日凝眸。凝眸处，从今又添，一段新愁。”只是在凝望流水的一瞬间，又平添了一段新的忧愁。这新的忧愁到底又是什么呢？她与赵明诚之间到底发生了什么？“武陵人远”和“烟锁秦楼”这两个典故都是人间与仙境之别，有种“人间天上两茫茫”的苍凉茫然之感，甚至隐隐有种绝望。正是这两个典故，让后人猜测李、赵婚姻有了所谓的“十年之痒”。当然，这里的“十年”并非整数。

是啊，到底有没有这样的“十年之痒”？

有学者指出，在李清照所著的《金石录后序》中有一段文字记录赵明诚临死前的情况，“殊无分香卖履之意”，这透露了赵明诚是另有姬妾的。“分香卖履”一典来自三国时曹操死前安排诸妻妾生活的遗嘱。《曹操遗令》云：“余香可分与诸夫人看，不命祭。诸舍中（众妾）无所为，可学作履组（饰履的丝带）卖也。”此即“分香卖履”之意。显然，李清照在这里是指赵明诚临死前没有将家中财产、家业交给其他妻妾。这也就是说，赵明诚其实是纳有姬妾的。李清照以往的离别词作中多有以陈阿娇、卓文君等人自比的情况，这些不仅仅表现的是孤独寂寞之意，可能也是被夫君冷落的自况。

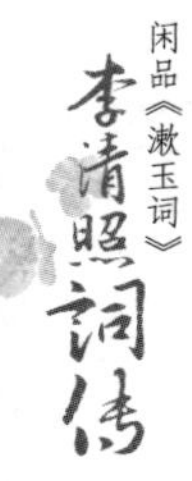

前面说到，在《多丽》一词中，出现了“似愁凝、汉皋解佩，

似泪洒、纨扇题诗”这两句颇有深意的用典。“汉皋解佩”据《列仙传》记载，郑交甫经过汉皋，在汉江边看见两个少女，佩两珠。交甫向她们求珠，这两个少女就解下珍珠送给他。结果没走多远，二女忽而不见，珍珠也忽然失去。“纨扇题诗”是用班倢伃典。班氏在汉成帝时入宫，被封为倢伃。后赵飞燕得宠，班氏退居东宫，曾作《怨歌行》云：“新裂齐纨素，鲜洁如霜雪。裁为合欢扇，团团似明月。出入君怀袖，动摇微风发。常恐秋节至，凉飙夺炎热。弃捐箧笥中，恩情中道绝。”

这两个典故说的都是得而复失、爱而遭弃的失落及悲哀。这正如纳兰容若笔下所道出的那种感慨：“人生若只如初见，何事秋风悲画扇？”有学者认为，李清照在这里是曲笔写到了夫君如郑交甫一样有了外遇，而自己如班倢伃一样遭到了冷落：“弃捐箧笥中，恩情中道绝。”同理，“念武陵人远，烟锁秦楼”中的两个典故也传达了同样的情感信息。

在一夫多妻盛行的古代，特别是在宋代文人中，纳妾也许是很平常的事情。然而，对于当事人来讲，对于李清照这样的知识女性来说，内心的痛苦却是不言而喻的。“新来瘦，非干病酒，不是悲秋”“休休！这回去也，千万遍阳关，也则难留”“凝眸处，从今又添，一段新愁”，这些词句中我们能够体会到李清照心中那种难言的哀怨。

泪湿罗衣脂粉满，四叠阳关，唱到千千遍。
人道山长山又断，萧萧微雨闻孤馆。

惜别伤离方寸乱，忘了临行，酒盏深和浅。

好把音书凭过雁，东莱不似蓬莱远。

——《蝶恋花》

宋徽宗宣和三年（1121年）秋，久居青州，年已四十一岁的赵明诚复出后被任命为山东莱州知州。

这一年，李清照毅然孤身赴莱州，与赵明诚团聚。在途中宿于昌乐县驿馆时，写下了这首《蝶恋花》寄给家乡相知相亲的姐妹们。

词的开篇即是和姐妹们的分手场面，是送别的眼泪和歌声。李清照要告别居住了多年的青州，平日里来往密切、相知很深的姐妹们都来送行。据李清照的回忆，由于闺中寂寞，她曾和一些闺中女伴们结成诗社，吟诗作词，互相唱和。是这些姐妹陪伴她度过了生命中那些孤独难挨的日子，送别时就格外依依不舍。李清照一个人住在驿馆里，回忆起送别时的场景想必印象十分深刻：她们哭得很伤心，罗衣被泪水浸湿，脸上的脂粉也沾满衣衫。姐妹们已经把《阳关三叠》唱过无数遍了，这里称“四叠阳关”，即着重在重唱第四句，就更加突出了惜别的深情。

“人道山长山又断，萧萧微雨闻孤馆。”临别之际，姐妹们说此行路途遥遥，山长水远。如今自己已行至“山断”之处，不仅离姐妹们更加遥远了，而且又赶上了潇潇夜雨，淅淅沥沥，令独处驿馆的她愁意顿生。那记忆中的送别场景，那难忘的临别歌声，让人在旅途的李清照感到了一丝愁苦。不期而至的潇潇小雨更增添了旅途中的寂寞和凄凉，她更加思念那些往日的朋友们了。

“惜别伤离方寸乱，忘了临行，酒盏深和浅。”临行和姐妹们话别时，听着“劝君更尽一杯酒”的《阳关三叠》，她心中方寸已乱，以至杯中斟了多少酒也记不清了。最后，她只是嘱咐她的好姐

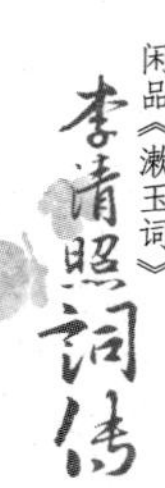

妹们："好把音书凭过雁，东莱不似蓬莱远。""蓬莱"是传说中的仙山。李商隐《无题》诗有："刘郎已恨蓬山远，更隔蓬山一万重。"这里，李清照没有过多地沉溺在离情之中，而是让姐妹们多多给自己写信，她所去的莱州并不像蓬莱那样遥远。虽然姐妹们异地相隔，但毕竟不是天人相隔。所以，这最后两句豁然开朗，她放下了"无为在歧路，儿女共沾襟"的伤感，积极面对现实的态度，使她有了"海内存知己，天涯若比邻"的放达。只要姐妹之间鱼雁传书，保持联系，那么仍然就仿佛从未分开过，让心永远守望在一起。

这首词在李清照的众多词作中是很独特的。词中并不只是表现自己浓烈的离情别绪，更表现了闺中姐妹之间的深情厚谊，写得真挚感人，我们从中可以看出李清照对友情的珍视和怀念。她既能放任性情，能歌能哭，同时也能以积极旷达的心态面对分手离别的现实。

从词笔来讲，这首词写得能放能收，开阖纵横；从李清照个人的性格来讲，已是人到中年，趋于成熟，词风由过去的婉约逐步变得比较旷达。人们称李清照个性中有"丈夫气"，这首词婉约词风清健，已是隐见端倪。

这首《蝶恋花》是李清照于宣和三年（1121年）八月由青州至莱州途中，在昌乐县驿馆中寄姐妹所作。事实上，词人不仅为思念情同手足的姐妹们肝肠寸断，更为莱州之行忧心忡忡。这首词反映了李清照悲苦复杂的心境。

李清照、赵明诚自大观元年（1107年）起，屏居青州十年。此后，赵明诚有三年时间在外任职，并未携妻前往。李清照就写了一首题作《凤凰台上忆吹箫》的词，以寄托她愿像当年萧史和弄玉那样，夫妻相伴在一起。又把送别的《阳关三叠》唱了又唱，希望他能留下来，但都没能如愿。此后，她备尝独守空房（即“烟锁秦楼”）之苦，青州的姐妹们经常去陪伴她、看望她、安慰她。她们大多都是一些识文断字的年轻女子，愿意和李清照这样有才识的女性交往。她们在一起谈天说地，并结成诗社，分韵作诗。李清照有一首诗《分得知字》，就是以“知”字为韵：“学语三十年，缄口不求知。谁遣好奇士，相逢说项斯。”

“学语”一词在另一选本《彤管遗编》中作“学诗”，可知李清照学诗三十年，写此诗时应为三十多岁，正是在屏居青州期间。“缄口”指闭口不语。“相逢说项斯”，项斯是唐朝时江东人，字子迁，其初未成名之时，以诗卷谒杨敬之。杨爱其才，赠诗曰：“几度见诗诗总好，及观标格过于诗。平生不解藏人善，到处相逢说项斯。”项斯由此声名一振，擢上第，后来“说项”成为典故。

这首诗里，李清照和姐妹们分韵作诗，说自己学习作诗三十年了，平生不愿为人所知。但是这些闺中的好姐妹却对自己过于推崇，到处传扬。可见她的闺中生活像《红楼梦》里的大观园一样，情趣高雅，多姿多彩。

然而，为了保卫属于自己的爱情，在姐妹们的鼓励和支持下，她孤身走上了到莱州投夫之路。当她离开相伴已久的姐妹们，独居驿馆听雨时，感到从未有过的孤独凄凉。词中所云“人道山长山又断”，喻指前途未卜，心境苍茫。

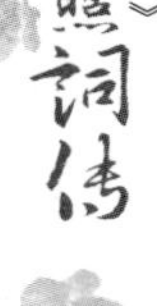

李清照在写下这首《蝶恋花》词不久，于宣和三年（1121年）八月十日到达赵明诚任职的莱州。然而令她没有想到的是，想象中和丈夫像过去那样欢聚一室、饮酒作诗的生活场面并没有出现，自

己竟然受到了冷遇。

到达莱州后，李清照曾经写过一首《感怀》诗。诗前有一篇很短的小序：“宣和辛丑八月十日到莱，独坐一室，平生所见，皆不在目前。几上有礼韵，因信手开之，约以所开为韵作诗。偶得‘子’字，因以为韵，作感怀诗云。”意思是说，宣和三年八月十日来到莱州以后，词人独自一人坐在房间里，这里一无所有。看到茶几上有一本《礼部韵略》，就随手翻开，以正好看到的‘子’字为韵，写下这首诗。诗云：

寒窗败几无书史，公路可怜合至此。
青州从事孔方君，终日纷纷喜生事。
作诗谢绝聊闭门，燕寝凝香有佳思。
静中我乃得至交，乌有先生子虚子。

这间屋子窗户残破，桌椅陈旧失修。室内冷冷清清，书籍字画全都没有。她颇像当年三国兵败时的袁公路（袁术）一样走投无路。人们都是因为追求荣华富贵才会放弃自在的乡间生活，终日为那些琐碎俗事四处奔波。如今她待在这个小屋里孤单无依，百无聊赖，只好关门枯坐，写写诗聊以排遣内心的寂寞。谁说她没有朋友陪伴呢？她有两个最好的朋友：一个是子虚先生，一个是乌有先生，合起来就是子虚乌有，什么都没有。

这首诗读来令人感到十分萧索寂寥。“青州从事孔方君”“乌有先生子虚子”这两句分别借用苏轼一首题作《章质夫送酒六壶，书至而酒不达，戏作小诗问之》的诗。据陈师道《后山诗话》云：“东坡居惠，广守月馈酒六壶，吏尝跌而亡之。坡以诗谢曰：‘不谓青州六从事，翻作乌有一先生。’”“青州从事”这个典故出自《世说新语》，说桓温手下有一个主簿，擅长辨别酒的优劣，酒好就称其为“青州从事”，酒不好就称其为“平原督邮”。因此，这里的“青州从事”代指酒。“孔方兄”指代古时铜钱。这里“青州从事孔方君，终日纷纷喜生事”，应是对丈夫借忙于应酬，终日在外，对自己不管不顾的怨意。后面的“燕寝”，原指帝王休息安寝的所在。按周制王有六寝，一是与王后对应的正寝，其余五寝分别与夫人、世妇、嫔、妻、妾相对应，统称燕寝。“燕寝凝香有佳思”，这里可能是指作为正妻（等于王后）应享有正寝的她，却遭到冷落而闭门作诗以自娱。

显然，从这首诗中可知，李清照的到来让夫君赵明诚多少感到有些意外。他或许是忙于公务，或许是感到意外而心有不豫。总之，本应作为正室的李清照却被临时安置在驿馆，粗茶淡饭，陋室寒窗，与子虚乌有为伴，让她难以忍受。“乌有先生子虚子”，是一无所有的意思，可见她的孤单与寂寥。

看到这里，我感到有些不解：赵明诚再忙，夫妻二人在异地聚首总是一桩幸事，无论如何也不应该如此冷落发妻。曾几何时，李清照与赵明诚在众人眼里是天作之合，夫妻之间是那样志同道合，琴瑟和鸣，小日子过得比蜜还甜。然而转眼间情分就变得如此寡淡。

年少时，曾经读过太多的爱情童话，才子佳人、王子公主，总是历尽波折终能柳暗花明，双宿双飞。仿佛有情人终成眷属后，总能如孟光与梁鸿那样举案齐眉，相敬如宾，爱到天荒地老。然而，透过历史烟云看清了李清照与赵明诚夫妻的真实故事终才明白，起初的两情相悦总是美好的，然而一地鸡毛的日常琐屑也造就了纷争烦扰。

“人生若只如初见，何事秋风悲画扇。等闲变却故人心，却道故人心易变。”是的，人生永远只如初次相见那该有多好。所有往事都化为红尘一笑，只留下初见时的惊艳和倾情。青春年少时的神采飞扬，眼波才动的妩媚，春情萌发之初的心动，那些曾经美好的憧憬和梦想，都会在时光的流转中渐渐远去。那曾经一见钟情的感动，曾经“和羞走，倚门回首，却把青梅嗅”的羞涩，那斜簪花朵让郎猜的甜美，那些美好与真情难道只能定格在回忆中吗？

难道那个曾经对她痴恋情浓的夫君已转身而去？难道那段美好的日子已如水逝去，如今只留下一个依稀远去的苍凉背影？

为什么会出现这样的情况？如此才华出众的女词人为何忽然间失去了自信，甚至陷入了巨大的情感危机？

南宋人洪适在《隶释》一书的《金石录》跋文中说“赵君无嗣”。南宋人翟耆年在《籀史》卷上说赵明诚文物收藏极为丰富，但“无子能保其遗余，每为之叹息也”。由于赵明诚没有子女继承他辛苦积累的文物收藏，每每为之叹息不已。

由此可知，让李清照如此难过痛苦，甚至“欲说还休”的就是，她与赵明诚结婚二十多年居然一直没有生育子女。古语云：“不孝有三，无后为大。”按曾在《百家讲坛》讲评李清照的康震教授的说法，一个不能生育男孩甚至根本不能生育的妻子，在家中几乎是没有地位的，最终会丧失丈夫的关爱和家产的继承权。对于她们来说，这将意味着感情与财富的双重失败！

其实，不但赵明诚与李清照一直没有生育，赵明诚和姬妾也同样一直没有生育，可见责任并不在李清照身上。但是，古人不会像今天我们这样看，赵家上下可能将责任都推到李清照身上，致使她处处遭到议论。正是这些，让敏感多情的李清照在精神上承受很大的压力。事实上，她与赵明诚的结合堪称“青梅竹马”“才子佳人”。赵明诚不仅是她在爱情上的寄托，也是她志趣相投的知己、精神相通的良伴。因此，赵明诚对她稍有一点冷落疏远，都会造成李清照精神上很大的压力和情感上巨大的痛苦。

所以，古代红颜在整个社会、家庭和情感生活中有着很强的依赖性和不确定性。哪怕是李清照这样才情卓异、品貌俱佳的女词人也不能免俗。由此，我们再回头去品读她那些表现离情别愁的词，就不会认为那仅仅是孤独寂寞中的情感宣泄，还有内心深处一丝隐隐的惶恐和不安。长时间的别离，对女性来说，是很担心夫君移情别恋的。更何况，她一直没有生育子女，因而无法维系和夫君的感情。所以，无论是“独抱浓愁无好梦”，还是“想离情别恨难穷”，在那些词句背后透露的都是古代红颜的情感危机和生存焦虑。

正如托尔斯泰在《安娜·卡列尼娜》开篇说的那样：“幸福的家庭都是相似的，不幸的家庭却各有各的不幸。”

在年轻的时候
如果你爱上了一个人
请你，请你一定要温柔地对待他
……
在蓦然回首的刹那
没有怨恨的青春才会了无遗憾
如山冈上那轮静静的满月

——《无怨的青春·卷一·引子》

我写到李清照的孤独与悲苦时，忽然翻到了席慕蓉这首曾经非常熟悉的诗，心中有种异样的感动。爱是需要宽容和理解的，同时也是需要经受时间考验的。

我相信，做李清照的丈夫肯定是不容易的。李清照的才华太耀眼了，时人称“自少年便有诗名，才力华赡，逼近前辈”，这足以将赵明诚淹没，这种家有名妻的压力肯定让他活得不是特别轻松。他曾经怀着不服气的比试心理，连夜一口气赶写五十多首词，并将妻子的词混入其中，交给一位朋友。那位朋友品读再三，居然说只有三句可取，即“莫道不销魂，帘卷西风，人比黄花瘦”，而这三句恰是妻子李清照所作。也许，从这一刻开始，他对妻子除了爱，大概还隐隐怀有一种敬畏。

而李清照的个性也非凡人可比。她是那样自负，“此花不与群花比”“自是花中第一流”。她也那样好胜好强：“云鬓斜簪，徒要教郎比并看。”在她写就的《词论》中，居然对当时一流的词人苏轼、欧阳修、曾巩、黄庭坚、柳永等多有微词。如她批评柳永“词语尘下”，张先、宋祁兄弟“破碎何足名家”，晏殊、欧阳修、苏轼“皆句读不葺之诗”，晏幾几道“无铺叙”，贺铸“少典重”，秦观“少故实”等等。这篇文章引起了不少非议、斥责与讥讽。也许更让他感到难堪的是，李清照的天才禀赋似乎表现在一切方面，连对历史和时势的看法也似乎高过了自己。她十五六岁就写下了《浯溪中兴颂诗和张文潜》（二首），表达了对大唐安史之乱的看法。眼光独到，见解精辟，传颂一时。后人称这两首诗：“奇气横溢，尝鼎一脔，已知为驼峰、麟脯矣！”可见，这样一位奇女子，这样一位名妻的眼光似乎与寻常人家的小家碧玉也大为不同。那些寻常女子多只关注身边琐事、家长里短，而李清照却始终对天

下兴亡、国家社稷存有一份关注和热情，每每在诗文中加以表现。有人曾经非议：“如此等语，岂女子所能？”

此外，李清照还有一点也不同于寻常女子，那就是她对于爱情有着深切的体验，有着很高的期待和要求。与赵明诚结婚后，她几乎得到了夫君全身心的爱，赵明诚那样宠着她、惯着她。她在赵明诚心中的地位不亚于一个尊贵骄傲的小公主，而她也深深依恋着夫君。赵明诚的一颦一笑，他的喜怒哀乐，都牵动着李清照敏感的心。我们还看到，李清照甚至因为丈夫也爱上了金石字画。那个时候，夫妻俩一旦稍有离别，她就感到寝食难安，就忍不住拿起笔为夫君作诗赋词。我们今天读到的那些意境优美的词作，其实不过是她写给丈夫的两地情书，不过是对夫君一片痴情深爱的副产品而已。

这种源自生命底蕴的爱原本是不可分享的。但在那个时代，宦游在外、长期与妻子分离的赵明诚终于未能免俗，被别的、更年轻的美貌女子所吸引。然而，那些莺莺燕燕最终只是使寂寞中的赵明诚一时迷惑。值得称幸的是，他最终还是回到了妻子身边。

所以，沉浸在幽怨痛苦中的李清照很可能误解了夫君。赵明诚本质上是一位宽容厚重的君子，并非负心薄幸之徒。他们夫妻之间因种种琐屑而引发的冲突和拌嘴、猜疑，只是日常生活中的细枝末节。

李清照在赵明诚生命中的地位是不可替代的。

清人缪荃孙所著的《云自在龛随笔》上有一则关于赵明诚的故事：“唐白居易书《楞严经》一百幅，三百九十七行，唐笺楷书，系第九卷后半卷。赵明诚跋云：‘淄川邢氏之村，丘地平弥，水林晶滑，墙麓硗确布错，疑有隐君子居焉。问之，兹一村皆邢姓，而邢君有嘉，故潭长，好礼，遂造其庐，院中繁花正发。主人出接，不厌余为兹州守，而重余有素心之馨也。夏首后相经过，遂出乐天

所书《楞严经》相示。因上马疾驱归，与细君共赏。时已二鼓下矣，酒渴甚，烹小龙团，相对展玩，狂喜不支。两见烛跋，犹不欲寐，便下笔为之记。赵明诚。’”

赵明诚任职莱州期满后，又到淄州（今山东淄博）担任知州。淄州是历史悠久的古城，境内有个邢氏村，坡地平坦，水清木秀，院墙石垒错落，仿佛住有高人隐士，村人都姓邢。其中有户人家主人叫作邢有嘉，待客周到好礼。有一天，赵明诚前去探访。主人看重赵明诚读书人秉性，取出家藏白居易手书《楞严经》。赵明诚大喜，带着白居易手迹上马飞奔回家，与妻子一起欣赏这件书法珍品。不知不觉已是二更天，夫妻二人边小酌边品赏。饮酒口渴了，又沏来小龙团茶细细品茗。他们俩一边品味着小龙团茶，一边展玩这幅难得的书法真迹，兴奋不已！已燃尽两支蜡烛，但两人仍毫无倦意，无法入睡。于是赵明诚磨墨铺纸，记下了这一快事。

通过这则故事，我们就知道李清照初到莱州时受到的冷落、夫妻两人的芥蒂心结都已经完全消散了。维系他们感情的是共同的志趣和爱好，是他们十多年深厚的夫妻情分。

可见，李清照和赵明诚已不仅仅是相濡以沫的夫妻，还是心心相印的知己，有着共同的生活情趣和品位。这些也许是那些徒有青春和美貌的姬妾所不能替代的。

十三、南来尚怯吴江冷，北狩应悲易水寒

——一代红颜的家国情怀

赵明诚于宣和六年（1124年）结束了在莱州的任职后，转到了淄州任知州直到靖康元年（1126年）。在这期间他和李清照又恢复了当年共研金石书画、进行诗酒唱和的生活。

然而，让他们万万没想到的是，一个大变乱、大动荡的时代却开始了。这个时代里的每一个人的命运都由此改变。

赵宋王朝自太祖赵匡胤“杯酒释兵权”以来，秉持偃武修文的政策，经历了167年“清明上河图”式的和平繁荣，朝中君臣文武都陶醉沉迷于表面的太平盛世。而北方游牧民族却迅速崛起和强大，尤以国号为“金”的女真骑兵最为凌厉。宣和七年（1125年），金人俘虏辽天祚帝，辽国灭亡。同年，金兵大举侵宋，宋军全线溃败。宋徽宗惊惶中禅位于其子，是为宋钦宗，改元靖康。靖康元年（1126年）冬天，金兵攻陷汴梁，举国震惶。靖康二年（1127年），徽宗钦宗父子及后妃、宗室以及大量民间女子尽被金兵掳掠到了北方。

靖康之难后，北方大片国土都沦陷于金人的铁蹄之下，高宗赵构匆匆即位后，便仓皇南逃。千百万官宦、士绅、百姓扶老携幼，纷纷南渡长江。这个时候，还沉浸在金石书画和诗词歌赋中的赵明诚和李清照完全没有心理准备。时为淄州知州的赵明诚只是一介书生，面对变局有些茫然无措。他和李清照知道，凶灾战乱的时代降临了，而精心收藏的大量金石书画成了他们心头最大的担忧。

建炎元年（1127年），赵明诚的母亲去世。夫妻俩既要躲避战乱，又要奔丧，只得匆匆南下。临行时，他们对精心收藏的大量文物再三斟酌挑选。因金石书画文物实在太多，只能有选择地带一些。像很厚的印书、重复的画、没有款识的器皿，都暂时不带，结果还是装不下。于是就又去掉国子监印本的书、普通字画、笨重器皿，最后还是装了十五车。这还只是淄州收藏的金石古物，在老家青州还锁着十几间屋子的文物。可以想见，赵明诚夫妇的收藏是何等的可观。他们匆匆将最重要的文物装满了十五车，然后渡过淮水和长江，南下江宁。正当他们牵挂着青州老家还存着的十几间屋子的金石文物时，却传来了青州发生士兵哗变、将领反叛的消息，金兵趁机进兵。赵、李所收藏的所有文物都毁于战火，十几年的心血几乎毁于一旦！

南渡时，李清照乘小舟渡过乌江。面对山川形胜，面对动荡时局，她想起了秦末楚汉战争的往事。当年兵败被围的项羽带着一小队人马，一路突围逃到乌江边。乌江亭长劝他急速渡江回到江东，重整旗鼓。项羽却觉得无颜再见江东父老，便回身苦战，杀死敌兵数百，然后自刎。项羽宁可兵败自刎也不逃往江东，这让李清照心中感慨无限。口吟绝句《乌江》一首：

生当作人杰，
死亦为鬼雄。
至今思项羽，
不肯过江东。

这首诗音韵铿锵高亢，爱国激情溢于言表：人活着就要为国家建功立业，做人中豪杰；死也要为国捐躯，成为鬼中英雄。“人杰”是指像韩信、张良那样建功立业的豪杰人物，“鬼雄”是指屈原《楚辞·九歌·国殇》中所歌颂的为国捐躯的战士。诗中表达的是一种英雄豪杰的人生价值观，有一种凛然的风骨，磅礴的正气。她作这首诗时，正值北方的家园尽皆沦陷，百姓流离失所，亲人分离，特别是夫妻俩辛辛苦苦收藏的宝贵文物多半毁于战火，这些文物岂只是属于他们两人？这是整个华夏文明的宝贵历史见证。亡国之恨、丧家之悲、失宝之痛，使这位看似柔弱的女子心情沉郁悲愤，家国情怀油然而生。当年的温情浪漫、瘦比黄花的小女子在离乱之际，顿生黍离之悲，笔下也有了铿锵金石之声，有压倒须眉之气势。

这让我想起五代时蜀国花蕊夫人的一首绝唱《述亡国诗》：

君王城上竖降旗，
妾在深宫那得知？
十四万人齐解甲，
宁无一个是男儿！

“花蕊夫人”是五代时青城（今都江堰市东南）人，聪明贤

淑，风流蕴藉，不但貌若天仙，而且擅长诗词。是一位留下诗词百首的才女，更是比花朵还娇嫩轻柔的美丽女子。

后蜀主孟昶年少风流，封她为慧妃。后来见她赏花时在百花之中姿容殊绝，令人叹止，便又封她为“花蕊夫人”。964年，宋太祖发兵攻打后蜀。蜀军不堪一击，孟昶只得自缚请降，成了宋军的阶下囚。花蕊夫人也成了囚徒，陪孟昶被押解进京。这首诗是花蕊夫人在答宋太祖问话时所答。花蕊夫人表达的气节和蔑视足令堂堂须眉无地自容。

建炎二年（1128年），赵明诚得到朝廷重用，出任江宁知府。江宁就是今天的南京，建炎三年（1129年）改江宁为建康府。江宁东有紫金山，西为石头城，虎踞龙盘，有帝王之气。宋高宗南渡后，一度拟将此地作为国都。这里是历史上的六朝故都，又是长江中下游的军事重镇，政治、军事地位极为重要。可见赵明诚在这里主政是得到了重用。

然而，与夫君同在江宁的李清照此时心境却是十分的复杂，不再像过去那样闲情自适了。据宋人周煇在笔记杂史《清波杂志》卷八中记载，“顷见易安族人言：明诚在建康日，易安每值天大雪，即顶笠披蓑，循城远览以寻诗，得句必邀其夫赓和，明诚每苦之也。”

每到天下大雪的时候，李清照就会头戴斗笠，身披蓑衣，登上建康城楼望远。在风雪天际中寻觅灵感，吟成诗句，回来还会和赵明诚唱和。那时赵明诚政务繁忙，且诗才远不及妻子，每每感到苦于应付。这个传闻透露出了这对中年夫妻在离乱中的真实生活情景。

其实，诗人对于时代的变迁是最为敏感的。德国诗人海涅说过：“一个时代破碎了，在诗人心中留下碎片。”在这个国难方

殷、战祸绵延的时代，整个国家都陷入了巨大的灾难之中。国土沦陷，两帝被掳，家园被毁，前半生精心收藏的大量珍贵文物也化为灰烬。在南渡过江的路上，她应是遭遇了无数人间悲苦心酸的生离死别，成为这场大浩劫的直接目击者。山河虽在，草木含悲，乱世中辗转流离的个人所见所闻无不刺激着词人的心。所以，李清照内心的悲愤与精神上的苦闷无法排解，聊学古人孟浩然踏雪寻诗。

我常常想象着，顶笠披蓑，冒着狂风大雪登上那高高的城楼远望的李清照一定是在北望，她登上城楼就是在北望中原。大雪漫天，而那刺骨的寒风摇撼着她那苗条柔弱的身体，飞舞的雪花飘落在她的脸颊上，冰冷寒凉。然而，在远望中原的时候，她柔弱的身体内却渐渐催生出一股悲怆深沉的力量。

这个形象本身也许就是一首悲怆深刻的感人诗篇。

由于李清照向来主张诗词不同，诗言志，而词言情，“别是一家”。所以，她的忧国情怀多在诗中表达。这个时候李清照所作的诗，在一些宋人笔记里有记载。如宋人胡仔《苕溪渔隐丛话后集·卷第四十丽人杂记》引《诗说隽永》云：“今代妇人能诗者，前有曾夫人魏，后有易安李。李在赵氏时，建炎初，从秘阁守建康，作诗云：‘南来尚怯吴江冷，北狩应悲易水寒。’又云：‘南渡衣冠少王导，北来消息欠刘琨。’”

“南来尚怯吴江冷，北狩应悲易水寒。”吴江即吴淞江，这里指江南之地。易水是秦时荆轲刺秦的出发地，燕太子丹在易水设宴送别。荆轲临行发变徵之声，慷慨高歌：“风萧萧兮易水寒，壮士一去兮不复还。”这里的易水代指北方的苦寒之地。两句诗，一写南渡君臣惊魂未定，百姓惶惶不安，自己对未来复兴的希望感到了

悲观和寒心。一写徽、钦二帝以及宗室后宫被掳之后的悲怆、耻辱与痛苦。两句诗写尽了一个时代的共同心理氛围和情绪，引起时人的共鸣。

“南渡衣冠少王导，北来消息欠刘琨。”王导是东晋的名相，胸有大志，辅助晋室。《世说新语》中有记载：“过江诸人，每至美日，辄相邀新亭，藉卉饮宴。周侯中坐而叹曰：‘风景不殊，正自有山河之异！’皆相视流泪。唯王丞相愀然变色曰：‘当共戮力王室，克复神州，何至作楚囚相对！’”历史上的晋朝也有群臣士民南渡的情况。每到风和日丽的日子，南渡诸士大夫们相邀到新亭饮酒赏花。座中有人感慨：“风景不殊，正自有山河之异！”一语唤起了众人眼前物是人非的黍离之悲，都不禁相对而泣。只有时任宰相的王导拍案而起：“当共戮力王室，克复神州，何至作楚囚相对！”众人徒然相对而泣，只有王丞相慷慨陈词，表达克复中原之志，可见其不凡的志向。诗中的刘琨也是与王导同时的晋朝名将。晋室南渡后，他在北方枕戈待旦，志靖中原。

李清照在这两句诗里叹惜宋室没有这样的人物。南宋小朝廷一路南来，危如累卵，一旦敌兵停止追击即偏安苟且，耽于享乐，缺乏重振山河的远大志向。李清照这样一位红颜女子对此不禁疾呼南宋君臣们要像王导、刘琨那样，从惶恐悲伤中振作起来，积极奋发，恢复中原。对此，清人俞正燮评价道：“忠愤激发，意悲语明。”

她在《咏史》一诗中有句云：“两汉本继绍，新室如赘疣。所以嵇中散，至死薄殷周。”金人灭北宋以后，先后在黄河流域立张邦昌、刘豫等伪政权。李清照将之比为两汉之间的王莽新朝政权，予以抨击，对至死反对司马氏篡汉的嵇康则加以肯定。这两句诗体现了词人依然对代表汉民族政权的宋室怀有好感和认同，对金人扶持的伪政权表达了蔑视。

后来，李清照流落到了浙江金华，那里有很多名胜古迹。当时，李清照外出游览，登上金华八咏楼，曾题诗一首：

千古风流八咏楼，
江山留与后人愁。
水通南国三千里，
气压江城十四州。

——《题八咏楼》

八咏楼原名玄畅楼，风景秀美，气象开阔。李清照的这首诗也写得极有气势，可一旦想到如此大好河山却多已沦落金人之手，她的心情又极为沉郁，“江山留与后人愁”，其中有着种种复杂的心绪。

1133年，高宗想派人出使金国，顺便探视徽、钦二帝。因为要入虎狼之域，满朝文武无人敢应。大臣韩肖胄挺身而出，甘愿冒险。李清照知道后十分激动，满腹愁绪顿然化作希望与豪情，泼墨挥毫，以两首《上枢密韩肖胄诗》相赠。当时的李清照贫病交加，身心俱疲，爱国情怀却迸发如火：“子孙南渡今几年，飘零遂与流人伍。欲将血泪寄山河，去洒东山一抔土。”她似乎要像那些历史上的巾帼英雄一般，挺枪跃马上疆场了！国难方殷，时代需要的不是只会吟诗作赋的书生。此时的李清照只恨自己不是男儿身，甚至也许会想到效法花木兰、梁红玉等巾帼英雄，挺身而赴沙场杀敌了。

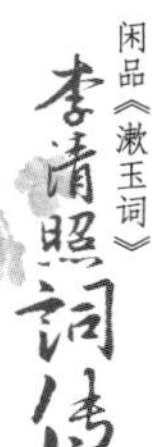

李清照在金华避难期间，还写了一篇《打马赋》。在文中大量引用历史上名臣良将的典故，状写金戈铁马、挥师疆场的气势，抒发自己烈士暮年的壮志：“时危安得真致此。老矣谁能志千里，但愿相将过淮水。”哪怕到了老态龙钟之时，她也愿意夫携着渡过淮水，回到中原。这令人想到抗金名臣宗泽病危之时仍拥被而坐，大喊：“过河，过河！”

所有这些，不禁令人感慨万千：当年，李清照的小女子情态也曾绿肥红瘦、人淡如菊、柔情万种、言笑晏晏。当国破家亡之时，她却能发出金石之声，力主抗战，恢复中原。人称“婉约宗主”的易安居士尚有这般豪迈志向与风雨情怀，不知那些庙堂之上执笏冠冕却主降言和的须眉重臣又当做何感想？

无怪乎清儒沈曾植惊叹道：“易安倜傥有丈夫气，乃闺阁中之苏、辛，非秦、柳也。”

近人龙榆生先生也在《漱玉词叙论》中评论道：“易安风度潇洒，而富好胜心。”“惟其不甘深闺闺帷，必骋怀纵目，故能纵笔挥洒，压倒须眉。”

十四、九万里风鹏正举

——那是自由不羁的风，飞越沧海的蝶

天接云涛连晓雾，星河欲转千帆舞。
仿佛梦魂归帝所，闻天语，殷勤问我归何处。

我报路长嗟日暮，学诗谩有惊人句。
九万里风鹏正举。风休住，蓬舟吹取三山去。

——《渔家傲》

这是一首独一无二的词。

不只是在《漱玉词》中，这首词显得高蹈而独特，即便在整个宋朝词坛上，这首《渔家傲》也是个异类。

长期以来，李清照被后人誉为“婉约宗主”，也被人称作“李三瘦”。这是因为她以“瘦”入词，皆成绝妙，如“莫道不销魂，帘卷西风，人比黄花瘦”“新来瘦，非干病酒，不是悲秋”“知否、知否？应是绿肥红瘦”。所以，一册《漱玉词》花影婆娑，惊

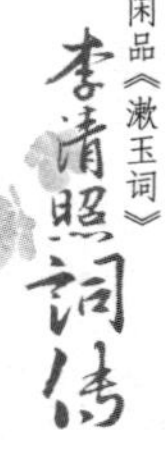

鸿翩跹，泪染红绡透，婉约柔情溢在字里行间。但是，谁又会想到她笔下的文字会骤然腾云起雾，直上天庭呢？

试看“天接云涛连晓雾，星河欲转千帆舞”“九万里风鹏正举。风休住，蓬舟吹取三山去。”真是好磅礴的气势，好宏阔的手笔！《蓼园词选》说本词“无一毫钗粉气，自是北宋风格”。后世梁启超评道：“此绝似苏辛派，不类《漱玉集》中语。”还有人因此称李清照有“丈夫气”，为词中的李太白。

“天接云涛连晓雾，星河欲转千帆舞”，起笔苍茫宏阔，云涛雾海，星河灿烂，是一派奇幻绚丽的天庭景象，令人目眩神迷。一个“舞”字描绘繁星点点，在天空中好像帆船一样闪烁流转，传达了词人神采意绪的昂奋。

这就是李清照想象和幻觉中浩瀚壮美的宇宙图景。大有唐朝“诗鬼”李贺诗中的神韵，“天河夜转漂回星，银浦流云学水声”“遥望齐州九点烟，一泓海水杯中泻”。视点高远，襟怀宏阔，俯瞰天上人间。

“仿佛梦魂归帝所，闻天语，殷勤问我归何处。”恍惚间，她的梦魂飞越茫茫星空，不知不觉来到了天帝所居的宫殿。这时，一个陌生、庄严而又温和的声音传来：“你要回到哪里去？”那是威严仁慈的天帝关切地询问她的去处。是啊，茫茫尘世，浩浩天宇，我将归于何处？“归何处”，这是直指人心、当头棒喝的一问：“你是谁？你的家园在哪里？你的归宿在哪里？”“吾谁与归？”

同时，“仿佛梦魂归帝所”的一个“归”字也让人感悟到，可能李清照本是仙子下到凡间，只是由于不堪俗累才又重归天庭仙界。这令人想起那《红楼梦》里前世本为绛珠仙子的“世外仙姝寂

寞林”。也许，这是潜藏在女性意识深处的一种深刻的自恋情结，一种生命价值与意义的自我肯定。李太白被称作“谪仙人”，后人称李清照为“女中太白”，两人在这一点倒是很相通。

“我报路长嗟日暮，学诗谩有惊人句。”她惊异之余回答，人生路漫长悠远，而天色已晚，时不我待，徒然令人嗟叹伤怀。如今诸事无成，学诗也不过薄有才名，只有一些让人惊艳的诗词文字罢了。这两句词既有对自己某些才能的自负，也有对人生理想落空的感叹。

“九万里风鹏正举。风休住，蓬舟吹取三山去。”啊，她真想像那庄子笔下《逍遥游》里的鲲鹏一样，展开那垂天之翼，水击三千里，扶摇而上九万里，高飞远举，超越尘世。那浩浩天风起兮，休要停，好吹动我那一叶蓬舟飞越沧海，直飞向那海外的蓬莱、方丈、瀛洲三座仙山去！那里才是我心灵的最后皈依。那个地方没有离乱灾祸，没有孤独，没有痛苦，那是一个美妙的仙境乐土，梦中的乌托邦。

三个结句缥缈仙幻，警峭劲拔，颇有李太白之风，“大鹏一日同风起，扶摇直上九万里”“乘风破浪会有时，直挂云帆济沧海”。

这首词充满了浓烈的奇幻想象和浪漫气息，开篇就展示了一幅晓雾弥天、星河翻转的壮阔场景。接着进入梦境，与天帝对答，表现了词人愿乘长风破万里浪，直达仙岛的胸襟怀抱。特别是后两句语势迅疾飘忽，劲健有力，使人神游物外，心绪为之一振。

看过这首词，我真有几分怀疑：李清照的前世莫非是天上的某星宿下了凡尘？

据说1987年，国际天文学会命名了水星上面的十五座环形山，

“李清照”就是其中一座环形山的名字。这应该是外太空唯一一座用中国古代红颜命名的环形山。

今天，那水星上的“李清照”也许真的看到了她想象中的宇宙景象：“天接云涛连晓雾，星河欲转千帆舞。”

词中“九万里风鹏正举”取典于庄子的《逍遥游》：“鹏之背，不知其几千里也。怒而飞，其翼若垂天之云……鹏之徙于南冥也，水击三千里，抟扶摇而上者九万里。”

可见李清照作为宋朝的一位高级女性知识分子，对道家文化是非常熟悉的。古代文人的精神遨游便是出入于儒释道之间，与天地精神独往来。

李清照写过一首诗《晓梦》：

晓梦随疏钟，飘然蹑云霞。因缘安期生，邂逅萼绿华。
秋风正无赖，吹尽玉井花。共看藕如船，同食枣如瓜。
翩翩坐上客，意妙语亦佳。嘲辞斗诡辨，活火分新茶。
虽非助帝功，其乐莫可涯。人生能如此，何必归故家。
起来敛衣坐，掩耳厌喧哗。心知不可见，念念犹咨嗟。

这是李清照在拂晓时分做的一个迷离而又愉快的梦。恍惚间，她在隐隐晨钟声里踩着云霞飘到了天上，遇到了传说中的仙人安期生、萼绿华。秋风爽劲，吹尽落花，这些衣袂飘飘、风神清奇的仙人和她一起赏看那仙藕如船、神枣如瓜。满座人仙意兴方浓，妙语如珠，一边品着刚沏的新茶，一边机锋迭出。如果人生真能这样度过，又何必回家呢？一觉醒来，敛衣而坐，听到尘世喧哗，不觉掩耳心烦。想起梦中情形，更觉流连神往。

这首诗里，李清照其实表达了她内心深处的渴望：生活在一个清净、自由而快乐的世界里，与逸群绝尘的人物同游。这让我们想起了她和夫君赵明诚屏居青州时，那段快乐自由的时光。这种游仙出世的玄想，我们在李白的诗里经常读到。他的《梦游天姥吟留别》是一首记梦诗，也是游仙诗："霓为衣兮风为马，云之君兮纷纷而来下。虎鼓瑟兮鸾回车，仙之人兮列如麻。忽魂悸以魄动，恍惊起而长嗟。惟觉时之枕席，失向来之烟霞。"

可见，李清照的浪漫想象力与太白颇相似。

同时，词中有"我报路长嗟日暮"一句，这"路长日暮"化用了屈原《离骚》的诗意："欲少留此灵琐兮，日忽忽其将暮……吾令羲和弭节兮，望崦嵫而勿迫。路曼曼其修远兮，吾将上下而求索。"长路漫漫与人生迟暮的悲慨，正是千古以来人们一种深深的无奈和苦闷。细细回顾这一生的往事，对李清照来说，一个女子身经国乱与家变的种种灾难之余，迟暮之年除了那些诗词中的"惊人句"已经一无所有。

因此，屈原奇幻绚烂的玄想冥思，沉郁悲慨的情怀，也对李清照是有影响的。

庄子、屈原、李太白，三个浪漫主义巅峰人物的精神意蕴都融入词中。足见这样一位神超形越、心游万仞的奇女子，显然有着不同凡俗的志趣与风骨，有着浪漫绝尘的超越情怀。

那海上蓬莱"三山"其实是李清照心目中最美好的理想境界的象征。词中最终表达了一种热烈而执着的求索精神，表达了一种非常高远阔大的理想境界，一种孜孜以求、高亢奋进的人生追求。

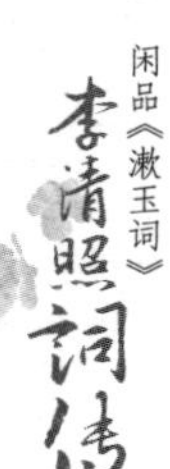

一只骨子里渴望精神自由的蝴蝶，想要飞越尘世沧海，到达一

个美好的彼岸。

鲁迅曾经说过，文学艺术是人生苦闷的象征，是苦求愿望和理想而不得后的情感能量的释放。

李清照少读诗书，才华卓异，“直欲压倒须眉”，自谓学诗“有惊人句”，不无自负自豪之意。然而，她的身世却多有坎坷。金兵南侵以来，历经国破流离之痛，曾经美好的憧憬已经成空，在现实中她常感到无奈与无助。拥有出众的才华又能如何？这首词真实地表达了她内心深处的失落、痛苦和迷茫。

我们可以感觉到，这个才情极高的宋朝女子满怀一腔愁苦的心事，而在人间竟无诉说的对象（“多少事，欲说还休”）。只有魂飞九霄之外，诉诸想象中的天帝。在天帝的关切下，她说出了自己的心愿，要离开这苦难深重、烦恼丛生的红尘人世，要到那清净广大、虚无缥缈的仙界去。

这首词其实充满了对人世间的深深失望和厌倦，是传统道家文化中的出世情怀对她孤弱灵魂的一次悄然托举和救赎。也让弗洛伊德的“恋父”情结说在中国宋代隐隐找到了结穴附身之所。

那位天帝的原型毋宁说就是她依恋爱戴的慈父的化身。正是父亲的关爱和娇宠，让她从小形成了在那个时代堪称“犀利”的个性。这种对父亲的亲情和依恋，使天帝的形象显得那样仁慈，那样宽和，成为女词人移情的对象。

有人说，女儿是父亲前世的情人。一般来说，做父亲的对女儿多有所溺爱。而很多女孩子对父亲也有特别的依恋。其实这只是在长期的家庭生活中形成的一种情感联系，并无特别的神秘之处。从史籍记载来看，李清照确实对自己的父亲是很依恋和爱戴的。李格非被朝廷免职回籍，做儿媳的李清照居然写诗找公公赵挺之替父求情。由于公公碍于政治风险未能施援，致使李清照情绪大受打击，还为此写过诗。

说这天帝其实是李清照父亲的化身，还体现在“仿佛梦魂归帝所”的一个“归”字上。天帝问她归何处，除了问归宿何处，还有回归、回家、归去来兮之意。这个家对李清照来说有多重意义，有夫君之家，有海上仙山，其实还有她的济南明水之家，那里有她无忧无虑的快乐童年，有她熟悉的山山水水，有那沉醉不知归路的溪亭，更有视她为掌上明珠、不忍爱女受一点委屈的慈爱老父。当她感到尘世颠簸、无路可走时，回归精神上的家园，安顿一下备感孤寂疲惫的心灵和生命，便是一种可能的选择。

对于这首词的写作时间一直存在争议，分歧主要在于是南渡前还是南渡后。

有人说词中充满了神奇的想象和浪漫色彩，并对现实社会、对生活还有着一份热切期望，看不到悲凉消沉和绝望，应当是南渡以前的作品，并认为是居于莱州时期的作品。有人说这首词应是基于对国破家亡、流离失所的深深绝望，从而产生的消极出世的情绪，应为南渡过后所作。还有学者将词作内容和背景认定为李清照南渡后因金人南下，她一路追随宋高宗逃走的路线到福州，此词应是在途中所作。因为福建福州被称作“三山”，并认为词中“天帝”实为宋高宗的化身。“归帝所”“闻天语”“归何处”等均为追随朝廷寻找归宿之意。而“天接云涛连晓雾”，与温州瓯江孤屿水天云雾实景极为相似。

诸说也许都有道理，也有助于我们深化对词意的理解。其实，

从词中表露的精神状态和情感特点来看，李清照此时确实对现实社会和人生产生了厌倦逃避的情绪。但同时她又对理想怀有一种激昂而浪漫的热情，特别是词中出现了少有的壮阔宏大的意境，这一点与南渡过后李清照心态改变有很大关系。南渡初期，李清照内心的爱国热忱和“丈夫气”被现实的种种变乱挫折强烈地激发起来。这个时候的李清照对王导、刘琨等志士仁人充满了仰慕之情，对项羽等英雄豪杰也给予热情赞颂。应当说，强烈的爱国豪情与热忱正是李清照南渡之初诗词的一个典型特征。

所以，这首内容、意境都很特别的词应当是在南渡初期所作。这是战乱动荡年代到来时生命个体内心深处的一种本能反应，所以这首词不可能是在和平环境下产生的。平静的社会生活环境只可能产生她的那些女性色彩十足的婉约词。但也不会是她更晚一些时期的作品，到了孤苦的晚年时，她只剩下悲凄沉郁和无奈了。

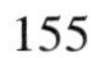

其实，对文学作品的理解不宜过于拘泥，应当有较广阔的审美和想象空间。这首词本身有小题《记梦》，词中所描写的是一个虚无缥缈的梦境，表达的是一种对自由精神的追求，对理想境界的向往。这无疑是文学艺术最本质的精神追求。

十五、庭院深深深几许
——建康城里的寂寞与哀愁

庭院深深深几许？云窗雾阁常扃。
柳梢梅萼渐分明。春归秣陵树，人客建康城。

感月吟风多少事，如今老去无成。
谁怜憔悴更凋零。试灯无意思，踏雪没心情。

——《临江仙》

这首词是李清照晚期代表作之一，作于宋高宗建炎三年（1129年）初春，是胡马饮河、宋室南渡的第三个年头。南渡以后，李清照的词风开始变得苍凉沉郁。这首《临江仙》是她南渡后的第一首能准确编年的词作。

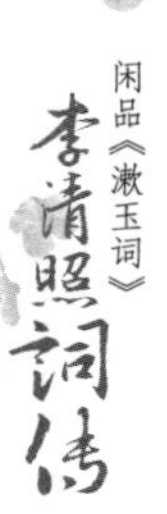

第一句“庭院深深深几许”出自欧阳修的《蝶恋花》：

庭院深深深几许？杨柳堆烟，帘幕无重数。玉勒雕鞍游冶处，楼高不见章台路。

雨横风狂三月暮。门掩黄昏，无计留春住。泪眼问花花不语，乱红飞过秋千去。

“庭院深深深几许”，走入幽深的庭院，潜入那杨柳堆烟的密林，再踱过这重重的帘幕，幽径深处，乱红飞过轻阖的双目，倏忽百年。朱门深院，弹指芳华，漫长的岁月，再美好的如花美眷，怎奈何这似水流年？心中唯愿得一携手看花、并肩赏月的人，却终因这寂寞空庭、深深院落将这唯有的心愿一寸寸沉淀下去。不知何时，这般清丽淡泊的女子，也终将与这寂然空庭一并被时光埋葬。

李清照很喜欢欧阳修这一句“庭院深深深几许”，并模仿写作了几首《临江仙》，开头都是这一句。在这首《临江仙》前面还有小序云：“欧阳公作蝶恋花，有‘深深深几许’之语，予酷爱之。用其语作‘庭院深深’数阕。其声即旧临江仙也。”

这首《临江仙》即是其中第一首。虽是刻意的模仿，却写得十分生动流畅，意韵深致。

这深深庭院里，想是花木繁盛，遮天蔽日，庭宇幽邃，也是词人心中浓愁幽怨的一种深沉意象，难怪李清照对这一句独有感发。在这深深庭院里，她那云雾缭绕的门窗时常紧闭。外面正是春深如海，她为什么会紧闭门窗？

门窗不开，只因她心扉不开。“风景不殊，正自有山河之异。”外面的世界已经不再是她所熟悉的那个和平美好的世界。“柳梢梅萼渐分明”一句表明她清楚地知道春天正在走来，柳梢上新芽初绽，梅萼上红蕊方露。“春归秣陵树，人客建康城”一句却有如杜甫沉郁顿挫的诗风。词人深深感慨：春天虽再度光临秣陵树梢，而我也渐渐老在了这建康城里。“秣陵”和“建康”都是南京的古称。

与热情迸发、清新明朗的青春时期相比，此时不过四十多岁的李清照已感到了老之将至，对春天的敏感和热情正在慢慢降低。而一种人老他乡、客寓南土的沉郁悲患的心境正在弥漫，也正在改变着她的诗词风格。

“感月吟风多少事，如今老去无成”，这是在怀念南渡前的和平环境里那些感风吟月、赌书泼茶、诗词唱和的美好日子。那些和家乡姐妹们结诗社、分韵诗词酬唱的快乐时光，现在都成了过往烟云。“谁怜憔悴更凋零。试灯无意思，踏雪没心情。”如今，她只能在深深庭院、重门紧闭的闺房中一天天老去，在无奈中憔悴凋零。到了元宵节，她也没有心情和兴致去踏雪观赏。元宵节在北宋是万民同乐的灯节。试灯，乃北宋官民预赏灯节之俗，今则“试灯无意思”。李清照初到建康时，还曾踏雪登上石头城，北望中原感怀赋诗。像“南渡衣冠少王导，北来消息欠刘琨”“南来尚怯吴江冷，北狩应悲易水寒”这类诗句应是那时所作。最让她感到苦闷的是，虽然国家形势崩塌糜烂，如果南宋君臣能够像当年王导、刘琨那样卧薪尝胆，克复中原也不是一点没有希望。然而，南渡以来的情势却让人只有深深的失望乃至绝望。

建炎元年，宋高宗赵构即位，起用李纲为相。当时四方勤王之师都向新君行在集结，士气振旺，如能誓师北伐，克复中原，指日可待。但是当时昏庸自私的小朝廷，却罢去力主抗金的宰相李纲，任用黄潜善、汪伯彦之辈，建造宫室，巡幸游乐，早把中原抛在脑后。建炎三年，岳飞曾上书斥黄潜善、汪伯彦奉驾益南，奏请恢复中原。朝廷还责他越职上书，罢他的官。

“谁怜憔悴更凋零”，此时的主战派将领宗泽已忧愤死去，李纲亦被罢官，谁来收拾这破碎的山河呢？“试灯无意思，踏雪没心情”，眼见得大势已去，恢复无望。不光是元宵节试灯没意思，连踏雪吟诗都没有心情，可见建炎初年的家国之痛远远超过了她以前的所有离愁别恨。而她只是一个孤弱妇人，对此局面无能为力。

因此，这首词中“春归秣陵树，人客建康城”十个字，不光是沉痛地写出了一种流离远徙、岁月蹉跎的一己悲慨，同时也道出了成千上万渴望恢复中原的志士的共同悲情。

此外，还有一首《临江仙》也是以“庭院深深”开头：

庭院深深深几许？云窗雾阁春迟。为谁憔悴损芳姿。
夜来清梦好，应是发南枝。

玉瘦檀轻无限恨，南楼羌管休吹。
浓香吹尽又谁知。暖风迟日也，别到杏花肥。

——《临江仙·梅》

这是一首咏梅词。

“庭院深深深几许”，一种幽深静谧的环境氛围扑面而来。

庭院花木森森，楼阁小窗幽幽，云雾缭绕，清寒阵阵，今年的春日仿佛来得格外迟。那闺中人为谁而玉容憔悴？昨夜清梦正好，想来梅花也该开了。“云窗雾阁春迟”的这个“迟”字是一种闺中人的主观感受。并非春迟，而是人的凄黯心绪感觉不到春日已至。

然而，庭院里的梅花却已是“玉瘦檀轻”，凋零憔悴，枝头上空栖着一腔愁怨。花犹如此，人何以堪？那南楼羌管就不要再吹奏那些伤感悲怨的曲调了吧。这梅花的浓香吹尽也无人领会，即使暖风迟日到来，杏花在枝头盛开，梅花也终究“零落成泥碾作尘”。

“杏花肥”形容杏花盛开。一个“肥”字与“绿肥红瘦”有异曲同工之妙，正好和“玉瘦檀轻”的梅花形成鲜明对比。而词中“为谁憔悴损芳姿”“夜来清梦好”“无限恨”，都将人的思想情感赋予梅花。梅花的物态形象“发南枝”“玉瘦檀轻”“浓香”，与人浑然一体，寄托着南渡词人漂泊痛苦、苦无知音的愁思，意韵悠远深长。

当时，国破家亡，朝廷上主和的投降派当道。李清照只不过是一个弱女子，既不能横刀跃马、效命沙场，也不能向朝廷一进忠言，对外界的情势难尽绵薄之力。她内心的愁苦只有诉诸笔端：“为谁憔悴损芳姿”“玉瘦檀轻无限恨”“浓香吹尽又谁知”，这正是李清照内心的真实感受。

窗外又起风了。忽然忆起了易安写的一首《忆秦娥》，很可能也是写她在建康城时的感受：

临高阁。乱山平野烟光薄。
烟光薄。栖鸦归后，暮天闻角。

断香残酒情怀恶。西风催衬梧桐落。
梧桐落。又还秋色，又还寂寞。

——《忆秦娥》

透过这些苍凉落寞的文字，我仿佛看见那个宋朝女子正在建康城的高楼上远远地眺望。

远处那蜿蜒起伏的群山，近处那辽阔平坦的原野，都被一层灰蒙蒙的薄雾笼罩着。落日的黄昏余晖里，点点黑色鸦影从远处飞来，让人无限惆怅。这时，耳畔又传来黄昏的画角声，在群山和原野中回荡，尤觉黯然神伤。

当她回到房内，熏炉里的香料已经烧尽，杯中尚余残酒，然而心中的愁绪仍是那样浓厚。阵阵秋风吹落了梧桐黄叶，一片片从眼前飘落，使人的心情更加沉重，更加忧伤。

独上高楼，凭栏远眺，满目苍茫，在一个愁思郁结的女子眼里会是怎样的柔肠百结？这茫茫人海、浩浩红尘中又有几人能够读懂她此时的心魂？

“悲哉，秋之为气也！萧瑟兮，草木摇落而变衰。”这群山，旷野，凄凉的鸦叫声，悲壮的画角声，渲染出一种秋日暮色里凄旷、悲凉的气氛。而画角之声正是从那远处的军营中传来的。声声惊魂的画角声，仿佛带着战争的阴影，还有那不祥的鸦噪，更让她感到国家和个人命运的险恶莫测。而香断酒残，梧桐叶落，则正是李清照悲怆心境的写照。

她是那样一个敏感多情的女子，见花落泪，望云生愁。哪怕是登楼望远，看着黄昏落日里的群山和田野，听着暮鸦群噪和风吹落叶的声音，心中的种种思绪如潮水决堤而来。也许，她常常在那些轻飘飘的旧时光里拣拾着记忆的碎片，或喜或悲，独自咀嚼离乱中的寂寞滋味。

她曾经有过那样美好的秋日情怀：“湖上风来波浩渺，秋已暮、红稀香少。水光山色与人亲，说不尽、无穷好。莲子已成荷叶老，清露洗、蘋花汀草。眠沙鸥鹭不回头，似也恨、人归早。”

那是她美好的少女时代，那是在和平而温馨的日子里。如今的秋色却如此令人伤感，如此凄凉寂寞。

很多时候，她的内心一片荒芜。在这样一座陌生的城市里，栖鸦暮归，画角声起，西风吹寒，梧桐叶落，正是惹人愁思的时候。充满惊惶、流离和亡国者落寞情怀的城里城外，每一处风景都能触动她内心最柔软的角落，都纠缠着记忆深处最刻骨的情怀。

月半弯，凉初透，东篱酒冷，满地黄花堆积，谁念西风独自凉？

在这秋色正浓的日暮黄昏，深深的寂寞犹如看不见的潮水，在不期然间袭上心头。寂寞是人生中难以拒绝的生命体验，寂寞使人的思绪向灵魂的深处飞动，使人在浮华或清贫中获得生存的悲剧感和真实感。人的一生不可能不忍耐寂寞，忍受生命本身呈现出的所有真实状态。

风吹梧桐叶落，暮色渐苍茫，楼上人独立。就将这一阕素语，满纸情愁，都嫁与秋风吧。当梧桐落尽，又还秋色，又还寂寞。那远处的群山沉入了暮色，一片莽苍沉寂，原野上的树在落日余晖中肃立沉思。

南渡之后，李清照目睹山河破碎、百姓离乱、沦落异乡、文物遗散等惨状，加之对南宋政权的深深失望，顿感心力交瘁。这首《忆秦娥》当是她站在建康城楼凭吊半壁河山，对昔日和平温馨的生活所发出的深深缅怀和对如今痛苦现实的无奈。

这情景让我想起了德国伟大诗人歌德的诗《浪游者的夜歌》：

群峰一片
沉寂，
树梢微风
敛迹。

林中栖鸟
缄默，
稍待你也
安息。

那位叫李清照的宋朝女子，在天地之间寂寞舒广袖，轻舞飞扬，谁能令她寂寞的心灵得到慰藉，谁能让她内心深处的生命激情再度点燃？

“冠盖满京华，斯人独憔悴。”

其实，我能感觉到李清照词里每一个字都是泪、都是血，饱含着那些痛苦的记忆。我也能体会到，这些文字在残酷现实面前其实是苍白无力的。

“百无一用是书生”，何况她还是个弱女子。李清照在那个时代太寂寞了。

十六、空梦长安，认取长安道

——永远怀念那梦中的失乐园

永夜厌厌欢意少。空梦长安，认取长安道。
为报今年春色好。花光月影宜相照。

随意杯盘虽草草。酒美梅酸，恰称人怀抱。
醉莫插花花莫笑。可怜春似人将老。

——《蝶恋花·上巳召亲族》

“永夜厌厌欢意少。空梦长安，认取长安道。”

建康城里的李清照依然那么敏感，依然多愁善感，常常在暗夜里辗转反侧，难以成眠，朦胧中只觉得夜晚是那样漫长。南渡之后，她仿佛变了一个人，变得郁郁寡欢，变得爱回忆往事。那些旧时流年，那些依稀的情境，那熟悉的汴梁景象，那些雄伟的宫阙城池，那些往日的繁华、花朵与欢笑，常常不期然走进她的梦里。

这首词是李清照在建炎三年（公元1129年）三月初三上巳节作

于建康城（今江苏南京）。在一年一度祓灾祛病的上巳节（三月三日）这天，李清照在江南建康城宴请亲族。亲人们大都是南渡而来，团聚时的心境自然与往日的家宴不同。

在这样一个上巳节里，她循着那熟悉的旧路回到了汴梁，梦里的汴梁城仍是那样美丽。可以想象，昔日的汴梁城宫阙宏伟大气，街市喧闹繁华。大相国寺香火不断，人潮如织。“为报今年春色好。花光月影宜相照。”为了向故人报知今年美好的春色，汴梁城的金明池、琼林苑林木葱郁，花草繁盛，亭台雅致。那些鲜花明艳欲燃，月影轻盈多姿。御道近岸植桃李梨杏，杂花相间，春夏之间，望之如绣。汴河上大小船只往来穿梭不息。

是啊，梦中的一切都是那样美好。然而，一觉醒来，往事皆已成空。汴梁已经回不去了，济南的老家也已经回不去了。所有的青春记忆，旧日繁华，都只能在梦里见到了。

往年的三月三日上巳节都是在汴梁度过，而今年却只能在这建康城里和亲族们一起度过了。“随意杯盘虽草草。酒美梅酸，恰称人怀抱。”由于在战乱年代，宴席上没有太多的珍馐，只有一些家常菜肴。虽然有些简单随意，但酒浆的醇美，梅果的酸甜，亲人们在乱离中得以团聚的欣慰、欢洽，却和自己此时的心情是那样相宜。“醉莫插花花莫笑。可怜春似人将老”，在朦胧醉意里将那花朵插进自己的发髻里，只是这花儿不要笑我人老了哦。

唉，时光过得真快，这明媚的春天其实也快和人一样老喽！

这首词是写于南渡后，李清照和亲人们在三月三日上巳节的一次团聚。

上巳节是中国的传统节日，俗称三月三，形成于春秋末期。在汉代以前，定上巳节为三月上旬的巳日，后来固定在夏历三月三日。

“上巳”最早出现在汉初的文献。据记载，春秋时期上巳节已在流行。上巳节是古代举行“祓除畔浴”活动中最重要的节日。这一天，人们结伴去水边沐浴，称为“祓禊”，古时人们在河水里洗涤身体以此避灾祈福。《周礼》郑玄注：“岁时祓除，如今三月上巳如水上之类。”《论语》中有所谓：“暮春者，春服既成，冠者五六人，童子六七人，浴乎沂，风乎舞雩，咏而归。”就是写当时的情形。东晋王羲之鼎鼎大名的《兰亭集序》写的就是一次文人雅士从事禊的活动：“暮春之初，会于会稽山阴之兰亭，修禊事也。”

同时，在春天万物繁荣，青年男女最容易动情的时候，集体外出郊游，进行相亲交友，如同中国最古老的情人节。杜甫《丽人行》里写到“三月三日天气新，长安水边多丽人”，就是唐时上巳节的游春景象。所以，上巳节也被称作“女儿节”。《诗经·郑风·溱洧》就是写上巳祓除之时的男女情爱：

溱与洧，方涣涣兮。
士与女，方秉蕳兮。
女曰：“观乎？”士曰：“既且，且往观乎？”
洧之外，洵訏且乐。
维士与女，伊其相谑，赠之以勺药。

溱与洧，浏其清矣。
士与女，殷其盈矣。
女曰：“观乎？”士曰：“既且，且往观乎？”
洧之外，洵訏且乐。

维士与女，伊其将谑，赠之以勺药。

可见，古时的三月三日上巳节是一个很美好、很浪漫的日子，是一个属于青春和爱情的春日。

李清照在少女时代曾经写过一首《浣溪沙》：“淡荡春光寒食天，玉炉沉水袅残烟，梦回山枕隐花钿。海燕未来人斗草，江梅已过柳生绵，黄昏疏雨湿秋千。”

这里的寒食节与上巳节、清明节差不多同时，都是沐浴着阳光踏青斗草的好日子，也是闺中少女最欢快的日子。成群结队的女孩子穿着华服丽裳，纷纷走出深闺来到原野上、溪水旁，玩着斗百草游戏或是荡秋千。那时候的少女李清照，性情活泼，快乐似神仙，也有几分女儿家的心事。如今人到中年，回想起来，真让人感到年华似流水般无情。

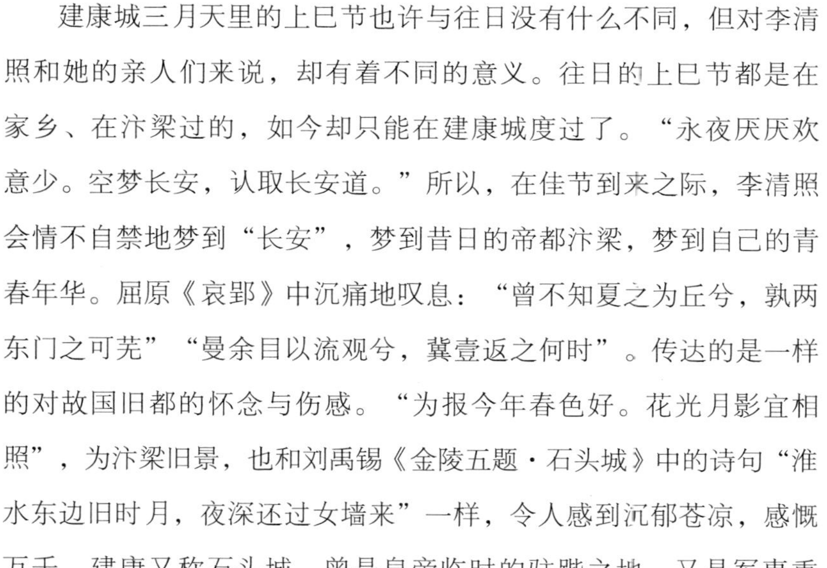

建康城三月天里的上巳节也许与往日没有什么不同，但对李清照和她的亲人们来说，却有着不同的意义。往日的上巳节都是在家乡、在汴梁过的，如今却只能在建康城度过了。“永夜厌厌欢意少。空梦长安，认取长安道。”所以，在佳节到来之际，李清照会情不自禁地梦到“长安”，梦到昔日的帝都汴梁，梦到自己的青春年华。屈原《哀郢》中沉痛地叹息：“曾不知夏之为丘兮，孰两东门之可芜”“曼余目以流观兮，冀壹返之何时”。传达的是一样的对故国旧都的怀念与伤感。“为报今年春色好。花光月影宜相照”，为汴梁旧景，也和刘禹锡《金陵五题·石头城》中的诗句“淮水东边旧时月，夜深还过女墙来”一样，令人感到沉郁苍凉，感慨万千。建康又称石头城，曾是皇帝临时的驻跸之地，又是军事重镇。可是，宋高宗却不接纳宗泽、李纲、岳飞的北伐主张，不但不能收复失地，连建康也难以守住。焉知将来这建康城会不会和汴梁一样，成为人们怀念的地方呢？

然而，“空梦长安”，梦醒之后，一切如故，梦里的京都仍然遥不可及，激起她内心更为浓烈的怀乡之愁，种种失望、惆怅、痛苦、辛酸一齐涌上心头。这无限美好的“空梦”更深沉流露了一种沉郁的亡国之痛。

“随意杯盘虽草草。酒美梅酸，恰称人怀抱”，由于在战乱之际，李清照对酒宴的丰盛与否没太多讲究，并不在意这些菜肴是否珍稀与华贵。只有酒美梅酸让人觉得还不错，和人的心情颇是相宜的。“怀抱”在古时多指人的襟怀与抱负。有了美酒，足令人一醉之际忘却世间烦恼。有了酸梅，可以尝到一点人间的酸涩味道，和此际的人间离乱、家国悲辛颇是相得的。其实，无论是美好的春景，还是称人怀抱的美酒鲜果，也许只是一场“空梦”而已。美梦总有醒来的时候，佳宴总有散席的时候，我们总有分开的时候，总有梦醒孤独的时候。“醉莫插花花莫笑。可怜春似人将老。”

“插花”或“簪花”原是北宋时人们的一种习俗，男女皆喜。《水浒传》里就写到不少梁山好汉时常有簪花之举，可见这是当时的一种习俗。南宋严蕊的《卜算子》里就有诗云：“若得山花插满头，莫问奴归处。”而上巳节是春天里的浪漫节日，是青春的象征。于是，李清照在朦胧醉意里还不忘将花朵插到头上，还担心这花儿会笑她不知老之将至。这一句让我们想起了当年“怕郎猜道，奴面不如花面好。云鬓斜簪，徒要教郎比并看”（《减字木兰花》），那是她十八岁做新娘时的青春风情。

其实，在李清照眼里，何止是人老，这春天都将老了。再这样

下去，这个世界、这个南宋小朝廷都快走上末路了。

读到这里，也许我们对于李清照的内心世界才有了些微的知晓。

风柔日薄春犹早，夹衫乍著心情好。
睡起觉微寒，梅花鬓上残。

故乡何处是？忘了除非醉。
沉水卧时烧，香消酒未消。

——《菩萨蛮》

这是一个风柔日薄的早春天气。春天乍到，阳光和煦轻浅，迎面吹来的风也变得柔软，不像冬天那样凛冽。天气渐渐暖和起来。

冬去春来，日暖风和。人们刚刚度过了冬季的严寒，遇到这样的晴好春日，便脱去了厚重的冬衣，换上了轻薄亮丽的春衫，一种轻松喜悦、闲适恬静的心情油然而生。显然，李清照是位很感性、很容易随环境物候变化而转换心情的人。

“睡起觉微寒，梅花鬓上残。”然而，这又是乍暖还寒的时节，小睡起来微感寒意，而插到鬓上的梅花也已凋残。天气的轻寒和梅花的凋残暗示了词人意识流程和情绪的微变。

“故乡何处是？忘了除非醉。”果然，她又想起了故乡，又忆起了往昔的一切，北方的故园有她的童年时光，有那些青春的年华，那些美好春天的景象，有她前半生的所有珍贵的生命记忆。然而现实却如此无情，河山已经易主，故乡已经在她心中成为一个遥远的梦。多少次她曾引颈北望，不知今生能否再次回到家乡。

真是“风景不殊，正自有山河之异！”

当此宋金对峙之际，对故乡的刻骨怀念，常常让李清照心情抑郁，不得不借酒消愁。“故乡何处是？忘了除非醉”，平平常常，明白清楚，却透出别样的深刻沉痛。如果真要忘记故乡，除非在喝醉后坠入梦乡。只有在醉里梦中，才能片刻摆脱沉重的乡愁。正如范仲淹《苏幕遮》所云：“黯乡魂，追旅思，夜夜除非，好梦留人睡。”只有借酒浇愁，在醉乡中才能把故乡忘掉，清醒时则无时无刻不在思念故乡。

“沉水卧时烧，香消酒未消。”“沉水”即沉香的别称，是一种名贵的熏香。醉卧时所烧的沉香早已燃尽，香气已经消散，而词人还醉意深沉，可见酒醉之深，乡愁之浓。香已消散而醉意却依然未消。

酒和醉，是李清照的词中经常出现的词。

在《漱玉词》中有一半作品涉及到了酒和醉，这在古代的女词人中是很罕见的。“常记溪亭日暮，沉醉不知归路。兴尽晚回舟，误入藕花深处。争渡、争渡，惊起一滩鸥鹭。”这次是喝醉了找不到归家的路，反映了少女李清照的豪放潇洒、纵情不羁。另一首《如梦令》也与酒有关：“昨夜雨疏风骤。浓睡不消残酒。试问卷帘人，却道海棠依旧。知否、知否？应是绿肥红瘦。”酒后醒来，李清照关心的并不是自己的身体，而是急忙询问侍女，大风大雨后的海棠花是否依然如故。再如《醉花阴》中“东篱把酒黄昏后，有暗香盈袖”一句，后来又有“酒阑歌罢玉尊空，青缸暗明灭”“来相召，香车宝马，谢他酒朋诗侣。”说明饮酒已经成了她日常生活中不可缺少的活动。

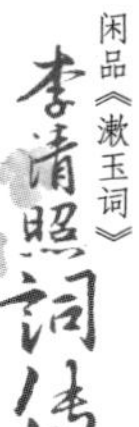

后来，金兵攻陷汴梁，掳走徽、钦两帝，大好河山被侵略者的

铁蹄践踏。时代的剧变把李清照从温馨高雅的深闺书斋抛入到漂泊迁徙的难民流中。南渡以后，接踵而来的悲惨命运和不幸遭遇使她备尝乱世的痛苦。“山河破碎风飘絮，身世浮沉雨打萍”，文天祥《过零丁洋》里这两句诗正是李清照晚年生活的真实写照。她有太重的忧愁，太浓的乡愁。消除心中乡愁，似乎再也找不出比买醉更好的办法了。这时，她更离不开酒了。

面对破碎的山河，她只能是“空梦长安，认取长安道”“酒美梅酸，恰称人怀抱。醉莫插花花莫笑。可怜春似人将老。”喝醉了还情不自禁在鬓边插花。“故乡何处是？忘了除非醉。沉水卧时烧，香消酒未消。”一炉香、一盅酒、一盏茶，常常是她的闺中伴侣。她就愿意沉浸在醉乡里，愿意在朦胧恍惚中度E，她不愿意清醒，清醒地活着是一种痛苦的折磨。就让酒精来麻痹这过于敏感的词人神经吧。

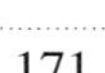

“胡马依北风，越鸟巢南枝”，李清照在此词中思国怀乡的绵绵愁绪，殷殷乡情，并非一人才有，那是当时渡江南来的爱国士人和广大百姓的共同心声。当其时，谁没有黍离之悲，桑梓之情？谁不思“还我河山”，光复中原？李清照一向主张抗金，切望收复失地。可以说，这首《菩萨蛮》透过女词人深闺中的袅袅香雾、沉沉酒杯、昏昏醉意，深刻有力地揭示出词人灵魂深处的悲愤、不安和浓烈的思乡之情。

窗前谁种芭蕉树，
阴满中庭，阴满中庭，
叶叶心心、舒展有余清。

伤心枕上三更雨，

点滴霖霪，点滴霖霪，

愁损北人，不惯起来听。

——《添字丑奴儿》

叶子肥大的芭蕉树在江南是常见的植物。梅雨季节里，连绵阴雨不停滴落，滴答有声地敲打芭蕉树，这种清脆绵密的雨打芭蕉之声是北方人较少听到的。因而面对窗前的芭蕉雨，那“阴满中庭”的梅雨景象，敏感而忧郁的李清照彻夜难眠。

这是李清照南渡之初咏芭蕉的一首词，写出一个失去家园、流亡到南方的“北人”的心态与感受。“窗前谁种芭蕉树”这开头的第一句问得很突兀，表现了词人此时此地茫然的心境。是谁在窗前栽种下了芭蕉树？窗前的芭蕉树是那么高大茂密，阔大的叶子遮挡住了阳光，满院都是树荫。绿荫遮满了屋前的庭院，蕉心卷缩着，蕉叶舒展着，这舒卷之间似传递着某种风情，像是含情脉脉，相依相恋，情意深挚绵长。伤心而无眠的深夜里下起了雨。那稀疏却又绵绵不断的雨滴，敲打着芭蕉叶。愁坏了那孤独无眠的北方人，只好披衣起来听雨声。

芭蕉是一种极易引起人们情思变化的植物。它绿莹莹的肥阔叶子在风中的婆娑丰姿以及在雨中发出的清脆声响都有一种美妙的清韵。

清人蒋坦《秋灯琐记》中讲了一个芭蕉故事：“秋芙所种芭蕉，已叶大成阴，荫蔽帘幕。秋来雨风滴沥，枕上闻之，心与之碎。一日，余戏题断句叶上云：‘是谁多事种芭蕉，早也潇潇，晚也潇潇。’明日见叶上续书数行云：‘是君心绪太无聊，种了芭

蕉，又怨芭蕉。’字画柔媚，此秋芙戏笔也，然余于比，悟入正复不浅。”清朝秀才蒋坦能诗善文的夫人叫秋芙。秋芙在院子里种上芭蕉，叶大成荫，推窗看去满眼绿色。某日晚，秋雨淅沥，雨打芭蕉，点点滴滴，一时间让蒋坦心烦意乱。于是，他竟提笔在芭蕉叶上戏笔“是谁多事种芭蕉，早也潇潇，晚也潇潇”。可是，这蒋坦第二天早上起来一看，这芭蕉叶上又续书几行“是君心绪太无聊，种了芭蕉，又怨芭蕉”，字画柔媚，正是自己那位能言善辩的夫人所为。这个浪漫故事令人倾慕之余，喟然长叹：芭蕉本无识，何幸运若此！

其实，芭蕉表达的风韵和情感是婉约而含蓄的。一首南方民乐就叫《雨打芭蕉》。用扬琴演奏《雨打芭蕉》的曲子，仿佛听到雨打芭蕉的淅沥之声，仿佛见到雨打芭蕉的摇曳之态，使人如闻天籁。但风雨中的芭蕉更多的是让人感到孤独、凄婉。杜牧有一首诗说：“芭蕉为雨移，故向窗前种。怜渠点滴声，留得归乡梦。”又说“一夜不眠孤客耳，主人窗外有芭蕉”，说的都是旅居外地的思乡之情。白居易有诗云：“早蛩啼复歇，残灯灭又明。隔窗知夜雨，芭蕉先有声。”是对前程的迷茫和无奈。李清照这里所写的芭蕉表达的也正与此相似，是深入骨髓的思乡之愁。

此外，芭蕉还有相思之意。李义山亦曾诗云：“芭蕉不展丁香结，同向春风各自愁。”而李煜说：“秋风多，雨相和，帘外芭蕉三两窠。夜长人奈何？”写出了一个女子的相思之苦。南宋无名氏作《眉峰碧》词中有云：“薄暮投村驿。风雨愁通夕。窗外芭蕉窗里人，分明叶上心头滴。”表现的也是相思之愁。

“伤心枕上三更雨”，已是三更天了，似乎有些“水土不服”的词人依然是难以入睡。她如今孑然一身，独卧于枕衾中，内心充满忧伤愁苦。三更时，传来了雨打芭蕉的声音。那声音犹如有人伤心地在哭泣，因而勾起了她无限的忧伤。而这梅雨竟久下不停，“点滴霖霪”，仿佛是连绵不断的泪水滴落在芭蕉叶上，雨声如泣如诉。雨打在蕉叶上，如同滴落在词人的心上。这窗外的凄风苦雨，这如泣如诉的雨打芭蕉，让这个北方人饱受着寂寞乡愁的煎熬。身处异地的她更加思国怀乡。“不惯起来听”，意思是词人在这雨打芭蕉声中实在无法入睡了，只得披衣起床来听这雨声。细细品味，能感受到其中的沉重意味。南国的芭蕉细雨勾起了词人对北方家乡的思念，是对北方沦陷国土的怀想与哀伤。“不惯”这两个字里，包含多少难言的辛酸、委屈与痛切！这是“北人”李清照对永远失落的乐园——她心中的那个美好家园，还有整个人生理想而发出的悲泣。

那“伤心枕上三更雨”，枕上滴落的难道只是雨吗？难道词人只是起身倾听“点滴霖霪”的雨打芭蕉之声吗？天地之间只有雨打芭蕉的悲声吗？

在这江南的雨打芭蕉之夜，北来的人听到的是晴日新亭里南渡衣冠的对泣，听到的是“风景不殊，正自有河山之异”的叹息，听到的是“闻鸡起舞”“中流击水”的铿锵剑气，听到的是“遗民泪尽胡尘里，南望王师又一年”的感喟，听到的是“王师北定中原日，家祭无忘告乃翁”的绝唱。

我相信在那个凄苦的不眠之夜，一定有划过李清照面庞的泪水无声地滴落……

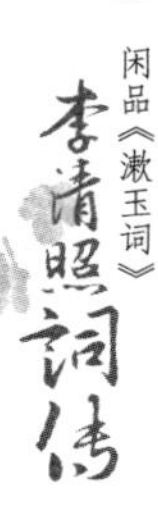

十七、一枝折得，人间天上，没个人堪寄
——世间她最爱的那个人去了

寻寻觅觅，冷冷清清，凄凄惨惨戚戚。
乍暖还寒时候，最难将息。
三杯两盏淡酒，怎敌他、晚来风急。
雁过也，正伤心，却是旧时相识。

满地黄花堆积，憔悴损，如今有谁忺摘。
守著窗儿，独自怎生得黑。
梧桐更兼细雨，到黄昏、点点滴滴。
这次第，怎一个愁字了得！

——《声声慢》

这是打动了无数后来人心弦的一首词，字字看来皆是血泪凝成，声声如杜鹃泣血，堪称绝唱。

这是一个凄冷的秋天，她似乎内心一片迷茫。“寻寻觅觅，冷

冷清清，凄凄惨惨戚戚。”这十四个叠字渲染出了一种迷茫、清冷、凄愁的环境和心理氛围。“寻寻觅觅”是词人有所期待、有所追寻的动作、神态；“冷冷清清”写周围环境的凄凉气氛；“凄凄惨惨戚戚”写词人内心的巨大伤痛。

正是一天中乍暖还寒的时候，是她最难度过的时候。孤病之身，三两杯薄酒都难抵挡这薄暮的秋寒。独自守在窗前。眼前忽然有熟悉的雁影飞过，仿佛是从前见过，徒惹来一阵心酸。

秋日菊花盛开，堆积满地，她无心去摘取。她如今早已和这黄花一样憔悴，欲摘已不忺摘了。自己无心摘花，却又透露了惜花将谢的情怀。还记得当年的“人比黄花瘦”吗？那时她多么年轻，多么美丽，对生活又多么富有激情！

唉，现在的她，只是守着这窗儿，暗自叹息什么时候才熬得到天黑啊！耳中只听得那梧桐疏雨，点点滴滴，寂寞得让人无奈、让人神伤。可她只是孤独地坐在窗前，任那许多往事的影像一幕幕从眼前流过。

这个秋天，她和爱人已经是天人永诀，她的世界坍塌了。

心都快碎了，这心中的痛与悲，岂是一个“愁”字能说尽？

这首《声声慢》是李清照晚年一篇感人肺腑的代表作，是词史上闪光的经典之作。

《声声慢》又名《胜胜慢》，有平仄两体。清照这首词以纵恣之笔写激动悲怆之怀，始终紧扣悲秋之意，通过萧瑟秋风、北雁南飞、憔悴残菊、零落梧桐、凄雨黄昏等客观景物，展现出一幅衰萎凄清的画面，尽得《恨赋》《别赋》等六朝抒情小赋之神髓；又以接近口语的清新文字谱入新声，其实是一篇声泪俱下的《悲秋

赋》，写尽了作者晚年的亡国之痛、孀居之悲、沦落之苦，显得格外深沉与厚重。全词字音的选择和组合，也体现出明显的压抑感，一字一泪，缠绵哀怨，具有特殊的音乐效果，极富艺术感染力，真切地传达了词人内心的忧郁和沉痛。正如梁启超所说："一字一泪，都是咬着牙根咽下。"

词作从日常生活琐事入笔，以非常沉郁、凄婉的笔调抒写了词人在一个秋日里，从清晨到黄昏的一整天孤独寂寞、凄楚悲哀的心境。通过乍暖还寒的天气，淡薄的酒味，晚来的秋风，天上的过雁，满地的黄花，窗外的梧桐，黄昏的细雨，构成了一幅完整的凄凉秋景图，一个漫天愁绪的诗意世界。同时，在语言上大量运用叠字渲染，刻画出一个暮年萧索、凄凉无依的孤苦红颜形象，展示出她曲折复杂的内心世界。

建炎三年（1129年）的八月十八日，是李清照刻骨铭心的日子。这一天，赵明诚，今生今世她最爱的那个人，不幸去世。这使她深刻地感受到人间的大孤独、大悲怆。往日的一切都失去了颜色和意义。往日大雁带来的是丈夫的温情与慰藉，如今见到大雁，引发的是绝望与伤心；从前见菊花，虽人似花瘦，但不失孤芳自赏的潇洒，而今黄花憔悴凋零，则隐含着生命将逝的悲哀。从前轻盈曼妙的闺怨盼归词，如今变成了沉重哀伤的生命恋歌，词境由明亮轻快变成了灰冷凝重，这是词人人生情感的真实历程，也集中概括了那个动乱时代普通人的悲苦命运与情怀，成为整个时代苦难的象征。

这首《声声慢》词中的"国愁家恨"与词人南渡前那种"离愁别恨"有着本质的区别，它包含着国殇离乱的时代色彩和社会内容，从而使这首词获得了较为深广的社会意义。李清照南渡后，正是在这种愁苦和悲愤的社会氛围中度过余生的。

这浸透了人生的大悲痛、大寂寞，满纸呜咽的一阕《声声慢》，千百年来不知感动过多少人。那浸透千年的忧伤，就像那秋日的暮色一样，袭进每个读者的内心深处，感染和打动了一代又一代读者。

可以说，丈夫赵明诚的突然病逝，是李清照一生命运和思想情感的转折点。

据《建炎以来系年要录》记载，建炎三年（1129年），赵明诚被罢去了建康知州的职务。这一年二月，驻扎在建康城附近的御营统制官王亦准备起兵叛乱，这事儿正好被赵明诚的部下江东转运副使李谟知道了，他马上报给了建康知州赵明诚，但这时的赵明诚已经接到朝廷将其调任湖州的调令。由于情况不明，赵明诚也未深信。为了避免节外生枝，他选择了不予理睬。然而王亦真的起兵叛乱了，在天庆观纵火鼓噪叛变。赵明诚慌乱之中，与另外几个官员在晚间用绳子爬到城外逃跑了。由于李谟事先做了防备，王亦的叛乱最终没能得逞，而赵明诚等三位官员分别受到降职和罢官的处分。还有人觉得赵明诚也许不至于这样，给出了另外一种说法。说是之前李谟并没有告诉他，等到叛乱了他才知道，情势危急，他被另两个官员拉着吊下城楼。也就是说，他的逃跑不是自愿而是被迫的，他之前也没有接到调任湖州的命令。

这是赵明诚仕宦生涯中颇不光彩的一件事。赵明诚是一位长于金石书画收藏、书卷气颇重的书生型官员，但缺乏军政才干和临机决断能力。所以，他为官的政绩乏善可陈。这次临乱弃城而逃更是暴露了他的这一弱点。

被罢官的赵明诚带着李清照开始流亡生涯。这时金兵已经迫近建康，他们决定早做打算，趁早把这些金石文物向南转移，免得再生变数。他们一路顺江南下，经过姑孰（今安徽省当涂县）、芜湖，准备一直走到赣江边，在那里隐居。当船开到池阳的时候，赵明诚收到了另一份诏书，令他到湖州上任。流亡中的南宋小朝廷急于用人，宽恕并重新起用了赵明诚。高宗赵构正驻跸建康，按规矩，赵明诚应当面圣领旨。他草草收拾了一下行李，简单吩咐李清照到池阳等他，就舍舟登岸，独自赶赴建康。

看着赵明诚急匆匆的样子，李清照心里很不好受。赵明诚在兵乱中弃城而逃，丢官罢职已经让心高气傲的李清照心里很不是滋味。而今他又独自一人前往建康，丢下她和一大堆行李还有金石文物。在兵荒马乱的年月里让她一个孤弱女子怎么办？

晚年的李清照在《金石录后序》中详细回忆了这次池阳江头的离别场景："六月十三日，（明诚）始负担，舍舟坐岸上，葛衣岸巾，精神如虎，目光烂烂射人，望舟中告别。"

赵明诚一个人下了船，坐在岸上，天太热，他把头巾翻起来，露出额头。他精神如虎，目光炯炯有神，在船上都能感受到他灼热的注视。他就这样向我告别，我心里很不舒服，问他："如果池阳城里出现紧急情况，我该怎么办呢？"他伸出两根指头指着我说："你就随着人群走吧。万不得已的时候，就丢掉笨重的行李衣被，实在不行，那些书籍器皿也可以舍弃；但是祭祀用的宗庙器皿，你一定要保护好，和你自己共存亡，千万不要遗失了！"说完，他就策马远去了。

分别那天是六月十三日，这是李清照和赵明诚的最后一别。一个是皇命在身，匆匆要离去，一个是萍踪浪迹、漂泊无依。破碎的山河已经改变了所有人的命运。

一个月后，在池阳等候赵明诚的李清照接到消息，说赵明诚在日夜兼程赶往建康的途中，由于天气转热，染了疟疾，一病不起。李清照知道丈夫性急，得病之后很可能服用大量寒药。如是这样，情况就糟了。她赶紧搭船，没日没夜地往建康赶去。等到了建康，赵明诚已是病入膏肓。不出李清照所料，他服用了大量的柴胡、黄芩，这些降温散热的寒药不仅治不好疟疾，反而又让他患了痢疾。疟疾加痢疾，分别时还精神如虎的赵明诚已是奄奄一息，回天乏术了。

建炎三年（1129年）八月十八日，赵明诚没有留下什么遗嘱，只提笔写了一首绝笔诗，溘然长逝，享年四十九岁。

这样的生死永别带给李清照一种锥心彻骨的悲恸，一种天塌地裂的崩溃感。二十八年风雨相伴，到如今终是天人永隔。在李清照写给丈夫的祭文中，有这样的残句："白日正中，叹庞翁之机捷。坚城自堕，怜杞妇之悲深。"死亡来得如此之快，让她猝不及防。心里的悲痛与那哭倒长城的孟姜女没有两样。

葬罢明诚，四十六岁的李清照一病不起。窗外就是萧瑟秋风里的建康城，这是一个多么让人伤怀的城市！

藤床纸帐朝眠起，说不尽无佳思。
沉香断续玉炉寒，伴我情怀如水。
笛声三弄，梅心惊破，多少春情意。

小风疏雨萧萧地，又催下千行泪。
吹箫人去玉楼空，肠断与谁同倚。

一枝折得，人间天上，没个人堪寄。

——《孤雁儿》

这首词的词牌《孤雁儿》原名《御街行》，出自柳永《乐章集》。因《古今词话》中无名氏词《御街行》中有句“听孤雁、声嘹唳”而改名，专写离别悼亡等悲伤之情。无名氏《御街行》原词为：

霜风渐紧寒侵被。听孤雁、声嘹唳。一声声送一声悲，云淡碧天如水。披衣起告，雁儿略住，听我些儿事。

塔儿南畔城儿里，第三个、桥儿外。濒河西岸小红楼，门外梧桐雕砌。请教且与，低声飞过，那里有、人人无寐。

在碧天如水，霜风凄紧的寒夜，孤雁的哀鸣，引起了游子的无限愁思。不禁披衣起床，嘱咐南飞的雁儿，希望它能低声飞过他爱人住的河边小红楼，因为她在家中也正为相思而彻夜不眠。显然这是一首以孤雁寄相思的闺怨词。

这让我们想起元好问的那首《摸鱼儿·雁丘词》：

“问世间、情为何物，直教生死相许？天南地北双飞客，老翅几回寒暑。欢乐趣，离别苦，就中更有痴儿女。君应有语：渺万里层云，千山暮雪，只影向谁去？”

李清照的《孤雁儿》词意正与此相同。

不过，就内容而言，这首《孤雁儿》又是一首咏梅词。

李清照爱梅成痴，从少女时代一直到晚年，她都以梅为友。《满庭芳》写月下梅花：“良宵淡月，疏影尚风流。”《小重山》

写初绽的梅花："江梅些子破，未开匀。"《玉楼春》写盛开的梅花："红酥肯放琼苞碎，探著南枝开遍未。"上面《临江仙》中又有："玉瘦檀轻无限恨，南楼羌管休吹。"

李清照这首词前有小序："世人作梅词，下笔便俗。予试作一篇，乃知前言不妄耳。"是的，古往今来，以梅为题的诗词很多，也很容易落入俗套。但在李清照笔下则不然，梅花宛然就是她自己的人格与心灵的写照。在梅中寄寓了她独特的生命与情感体验。如这首《孤雁儿》中的梅花，其实就倾注了她一生的悲欢离合，寄托了她对亡夫赵明诚的深挚感情。

"藤床纸帐朝眠起，说不尽无佳思。""藤床"即是今日常见的藤制躺椅。据明代高濂《遵生八笺》记载，"藤床"为藤制，上有倚圈靠背，后有活动撑脚，便于调节高低。"纸帐"又叫"梅花纸帐"。宋人林洪在《山家清事》的"梅花纸帐"条目中描写道："用独床，傍植四黑漆柱，各挂以半锡瓶插梅数枝；后设黑漆板……欲靠以清坐……上作大方目顶，用细白楮（纸的代称）作帐罩之……中只用布单、楮衾、菊枕、蒲褥。"

这首咏梅词从纸帐着笔，应含有"梅花纸帐"之意。这种梅花纸帐暗示着清雅淡泊的生活氛围。在宋人词作中，这种陈设大都表现凄凉慵怠情景。与朱敦儒《念奴娇》中"照我藤床凉似水"的意境相似，写一榻横陈，日高方起，心情孤寂无聊。《鹧鸪天》词又云："道人还了鸳鸯债，纸帐梅花醉梦间。"而安卧于藤床纸帐中的李清照，却怀着"说不尽无佳思"的幽怨。

"沉香断续玉炉寒"，沉香为名贵香料，在清照词中多次提到，可见是日常用品，同时也很能牵动人的心绪。李清照年轻时所作的《醉花阴》中有"薄雾浓云愁永昼，瑞脑销金兽"，在袅袅香

雾中，有一种朦胧而甜蜜的期待。但是，现在室内沉香烟气时断时续，玉炉里慢慢开始布满寒意。一个“寒”字使氛围变得清冷、幽寒。此时“伴我情怀如水”，这情怀如水之阴柔、凄清、缠绵，如水之无端无绪。这情怀正是从沉香之“断续”和玉炉之“寒”中而来。

“笛声三弄，梅心惊破，多少春情意。”凄清悠扬的笛声传来，正是那横吹曲中的《梅花三弄》。这笛声让人仿佛闻到了梅花的清香，仿佛看到了万树梅花凌寒而开，让人顿生游春的兴致。“梅心惊破”又是易安体的本色，是灵感被激发后的新造奇语，形容梅花的心被笛声惊破后竞相绽放，令人回味。这也是清照的心被笛声打动后展开的旖旎想象。

“小风疏雨萧萧地，又催下千行泪。”微风吹动着潇潇细雨，绵绵不停，这样的景象不禁让屋内的人潸然泪下。“吹箫人去玉楼空，肠断与谁同倚”中的“吹箫人去”，即李清照《凤凰台上忆吹箫》中曾经引用的典故，即秦穆公之女弄玉与萧史吹箫引凤的故事。这里的“吹箫人”是指知音，正好与“笛声三弄”相呼应。这里指与自己志趣相投、心心相印的夫君赵明诚。知音既逝，人去楼空，纵有梅花好景，又有谁与她倚栏同赏呢？也许，清照想起了在建康城循城远览、踏雪寻梅的情景，想起了年少夫妻在汴梁、在青州赌书泼茶、携手赏花的往事，心中怆然感伤，泪如雨下。

“一枝折得，人间天上，没个人堪寄。”这里化用的是北魏陆凯折梅赠诗的典故。大将军陆凯带兵行军，中途休息时看到路边梅花在料峭春寒中绽放。陆凯便派人折来几枝。正在赏玩间，驿道上有信使骑马掠过。陆凯突然想起远在陇东的好友范晔，便唤住信使，托他把一枝梅花带给范晔。并赋诗一首：

折花逢驿使，

寄与陇头人；

江南无所有，

聊赠一枝春。

今天，李清照从枝头折下梅花，找遍天上人间，四处茫茫，却没有一人可供寄赠。这份举世滔滔、滚滚红尘之中难觅知音的旷世孤独，这种自从与君诀别后、天上人间难相见的极度哀苦，这种“上穷碧落下黄泉，两处茫茫皆不见”的巨大失落感，让人的心灵不禁为之震撼。

全词至此戛然而止，而其中伤感缱绻之意却缭绕不绝。在这首词中，既没有直接描绘梅花的姿色，也没有像前人一样很俗套地去歌颂梅花的高洁品性。无论是“笛声三弄，梅心惊破，多少春情意”，还是“一枝折得，人间天上，没个人堪寄”，都与自己的体验与感受结合起来，抒写了自己孤身一人的独居生活和悲凉心境。她的这种悼亡悲情和孤苦心境又都与当时国破家亡、民生流离的时代背景密切相关。所以，她的这首咏梅词其实正是对整个时代的苦难和命运的概括。在众多咏梅词中别具新意，它的悲剧力量超越了一般的泛泛之作。

“渺万里层云，千山暮雪，只影向谁去？”是啊，单飞的孤雁，会飞向哪里呢？

天与秋光，转转情伤，探金英知近重阳。

薄衣初试，绿蚁新尝。渐一番风，一番雨，一番凉。

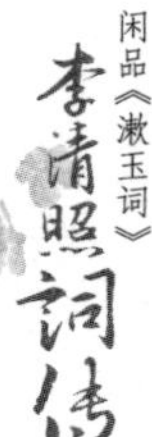

黄昏院落，凄凄惶惶，酒醒时往事愁肠。

那堪永夜，明月空床。闻砧声捣，蛩声细，漏声长。

——《行香子》

这是一首重阳时节的思念亡夫之作。

造化弄人，不知不觉又是秋天了，这时光的流转每每令人感伤。直到看见庭院里的那些金菊花团团盛开，才知道又近重阳了。词人披上一件粗织的秋衣，斟上一杯新酿的酒细细品尝。眼见每刮一次风，每下一场雨，这天气便渐次转凉了。

落日苍茫，黄昏时分的院落显得格外昏黄、暗淡。庭树萧萧，荒草稀疏，一个人在院子里感到凄凉惨淡，心中空洞惶然。酒醒时，种种往事又一齐涌上心头，令人无限悲伤。这漫漫长夜啊，皎洁的月光照在身边的空床上，更显孤苦无依。这明月当空的无眠之夜，只听得到远处传来的阵阵捣衣声、细细的蛩鸣声、迢递的滴漏声，让人沉浸在深深的哀怨、凄凉意境之中。

这首词属存疑之作，只有冷雪盦本《漱玉词》收入，其他版本皆未收。但是，我认为从词的风格和语言特色来看，应当是李清照所作。辨别是否是李清照的词，我有几个标准：一是李清照写词一般是为了抒发自己的主观情感，词中主人公常常是词人自己。二是语言常有新意，如“绿肥红瘦”“柳眼梅腮”“宠柳娇花”等等；再就是口语入词而不觉其俗，反觉清新别致，如“怎一个愁字了得”“甚霎儿晴，霎儿雨，霎儿风”等等。这是“易安体”的标志性特征。三是清照词有明显的时间特征。她在少女时代的词，风格清新活泼，意境优美；中年时期的词则有离情别绪的惆怅，又有优雅俊逸的风韵；中到晚年时期的词则多显得悲苦沉郁，令人不忍卒读。

这首词基本符合上面这三个标准。这首词情感色彩明显偏于悲凉凄苦，很接近赵明诚病逝后那段时间里李清照的心理状态，当是李清照南渡后所作。“天与秋光，转转情伤”“黄昏院落，凄凄惶惶，酒醒时往事愁肠”等句，与《声声慢》中的情感色彩和叠字运用很相似。而词中“渐一番风，一番雨，一番凉”的口语特色颇类“易安体”，与另一首《行香子》中“甚霎儿晴，霎儿雨，霎儿风”一脉相承。“薄衣初试，绿蚁新尝”以及“探金英知近重阳”，分别透露了词人运用词语和意象的某种习惯特征：爱写试衣和喝酒，写酒醉中的惆怅，爱种菊、赏菊。

因此基本可以断定此词为李清照本人所作，当是写于赵明诚病故后的某一年“近重阳”时节。

李清照新婚后，丈夫赵明诚曾离家远行。她也曾在一个重阳节写下了一首《醉花阴》寄给夫君，表达重阳佳节倍思亲的情怀。“莫道不销魂，帘卷西风，人比黄花瘦”尤为人所称道。夫君赵明诚连写几十首仍不敌她这三句。

南渡后，赵明诚病故。“天与秋光，转转情伤”，转眼又是一个重阳节，怎能不让李清照回想起那种种往事呢？“黄昏院落，凄凄惶惶，酒醒时往事愁肠。”她一定又想起了当年那个虽是离别却颇有喜剧感的重阳节，想起了与夫君在一起时的种种恩爱与欢情。如今夫君已经不在人世，留下她独自一人品尝人世间孤寂凄惶的滋味。那首《醉花阴》写的只是生离，而这首《行香子》却已是死别，其间沧桑变故令人唏嘘长叹。

“那堪永夜，明月空床。闻砧声捣，蛩声细，漏声长。”这几句写得古意悠悠，意韵深长。《古诗十九首·明月何皎皎》有句云：“明月何皎皎，照我罗床帏。忧愁不能寐，揽衣起徘徊。”

三国魏文帝曹丕《燕歌行》有句云："明月皎皎照我床，星汉西流夜未央。牵牛织女遥相望，尔独何辜限河梁？"都是写女子望月思人的名句。李清照这里的"那堪永夜，明月空床"就是由此化用而来，有一种凄清典雅的美感。

"闻砧声捣，蛩声细，漏声长"一句写秋夜里的各种声响。"砧"是古代捣衣用的石头。古时妇女多在秋季拆洗缝制衣服，忙到深夜。李白《子夜吴歌》有云："长安一片月，万户捣衣声。秋风吹不尽，总是玉关情。何日平胡虏，良人罢远征。"描写妇女在明月之夜听捣衣声怀念远征的丈夫。秦观《满庭芳》："又是重阳近也！几处处、砧杵声催。"李煜《捣练子令》："深院静，小庭空，断续寒砧断续风。无奈夜长人不寐，数声和月到帘栊。"这些都是表现听砧声而思离人的诗词。但李清照思悼亡夫，悲苦更甚。"蛩声细"，蛩者，蟋蟀也。词人长夜不寐，听到蟋蟀细微的叫声，倍觉情怀凄切。"漏声长"，漏是古代一种滴水计时用的器具。毛熙震《更漏子》有云："更漏咽，蛩鸣切，满院霜华如雪。"漏声悠长，令词人听着更漏之声久久无法入睡。

可见，这首《行香子》结句颇有新的特色，集中运用了富有美感的相思意象，营造出一种空寂、凄清、幽静、深微的月夜意境。

帘外五更风，吹梦无踪。

画楼重上与谁同？记得玉钗斜拨火，宝篆成空。

回首紫金峰，雨润烟浓。

一江春浪醉醒中。留得罗襟前日泪，弹与征鸿。

——《浪淘沙》

国破了，家亡了，夫死了，亲散了。繁华转瞬散去，李清照的内心一片荒芜。

“帘外五更风，吹梦无踪。画楼重上与谁同？”五更时分，起风了。窗帘不时被风吹动，外面的树叶哗哗地响。凄冷的“五更风”和阵阵寒意向屋内袭来，使她从梦里惊醒。醒来时，枕边也许尚余梦中的清泪。在梦里，她又与夫君相逢，一同登楼望远，感风吟月。如今这温馨无限的美梦已被五更风吹得无影无踪。今后再登楼又有谁来陪伴呢？

“记得玉钗斜拨火，宝篆成空。”想起当年屏居青州的快乐日子，和夫君谈诗论文，赌诗泼茶真是让人怀念。记得那时她还常常用玉簪拨动炉中香火，去除那篆香上的灰烬，神情是那样闲适，动作是那样娴静。那时，她与夫君相对而坐，两人望着香炉中升起的袅袅轻烟，曲折回环，状如古篆之体，在空中悠悠散尽，然后相视一笑，心中缱绻无限。拨火翻香是闺帷当中的日常动作。蔡伸《满庭芳》中就有句云：“玉鼎翻香，红炉叠胜，绮窗疏雨潇潇。”写的便是闺中这一旖旎风光，而篆香之盘曲形状与人的柔肠情愫相似。秦观《减字木兰花》词：“欲见回肠，断尽金炉小篆香。”黄庭坚《画堂春》：“宝篆烟消龙凤，画屏云锁潇湘。”这闺中的日常意趣回想起来令人心头充满无限温馨。

当年篆香烟雾弥漫着小屋，生活清静温暖，安定欢乐，可今天一切的一切都像燃尽的“宝篆”一样烟消香散，都像被风吹走的美梦一样无影无踪。

“回首紫金峰，雨润烟浓。一江春浪醉醒中。”纵目回望那建康城的紫金峰，凄迷的烟雨隔断了视线，已难以望见丈夫的栖身之家，更难以望见那被践踏的北国河山。赵明诚于建炎三年（1129

年）病逝于建康。如果“玉钗斜拨火”是对过去夫妻在归来堂中温馨生活的追忆，那“回首紫金峰”就是易安逃离建康回望紫金山，泪眼中但见“雨润烟浓”，不见亡夫身影的追悼了。“一江春浪醉醒中”，化用了李煜的“问君能有几多愁，恰似一江春水向东流”，言胸中浓愁如一江春水流不尽，醉中醒中俱在心头。“留得罗襟前日泪，弹与征鸿。”丈夫死后，自己悲痛欲绝，悲恸的眼泪还留在罗衣襟前。如今已和建康城相距遥远，这泪水中的思念与哀伤只有寄托那远翔的大雁了。

这首《浪淘沙》词到底是不是李清照所作还是有争议的。有的词集则标为欧阳修所作，《全宋词》卷二刊此词为李清照存目词，《草堂诗余》等题为无名氏之作。但从词中的字句和内容情感方面来看，似与李清照有很多相合之处。全词写对往事的追忆和怀念，抒发了孑然一身、孤苦伶仃的悲情，无论情感基调和口吻都与李清照十分相合。

此词中的“画楼重上与谁同”一句，与《孤雁儿》中的“吹箫人去玉楼空，肠断与谁同倚。一枝折得，人间天上，没个人堪寄”，在内容和感情上是相同的。“记得玉钗斜拨火，宝篆成空”两句，与李清照在《金石录后序》中追述自己与丈夫赵明诚在青州归来堂中度过的那段美好生活也很吻合。词的下阕‘回首紫金峰，雨润烟浓。一江春浪醉醒中”三句，也与建炎三年（1129）赵明诚病逝建康后词人的行踪遭遇相吻合。“紫金峰”即建康城中的钟山。《广弘明集》卷三十录徐孝克《仰合令君摄山栖霞寺山房夜坐六韵》一诗：“戒坛青云路，灵相紫金峰。”据《舆地志》载：“摄山在江苏江宁县东北，亦名栖霞山。”摄山乃钟山之支脉，两山相望可见。徐孝克诗中所言“灵相紫金峰”就是指钟山。

将词的内容与词人的经历对照来看，这首《浪淘沙》应为李清照所作。陈廷焯在《白雨斋词话》认为：“凄绝不忍卒读，其为德父（赵明诚）作乎？”

天上星河转，人间帘幕垂。
凉生枕簟泪痕滋。起解罗衣，聊问夜何其？

翠贴莲蓬小，金销藕叶稀。
旧时天气旧时衣，只有情怀、不似旧家时！

——《南歌子》

“天上星河转，人间帘幕垂。”词一开头就展现出一个天上人间的广阔境界，却又微微透出一种暗淡萧条的气氛。

银河已经向西斜转了。“转”即斗转星移，是夜间星辰运行的漫长过程和时间跨度。词人能够看见和感知这一现象，可见这一夜的无眠。当此时，人间家家户户都垂下了帷帘，人们渐入梦乡，而唯有李清照独醒。

所以，这两句写出的是词人自身的孤独与愁绪。而“帘幕垂”指词人闺房中的密帘遮护，内心的孤独寂寞也被层层遮护。正如李商隐《无题》诗中所云：“重帏深下莫愁堂，卧后清宵细细长。”这是一个清旷幽静的意境，一个深沉安谧的天地，也是一个自我封闭的情感世界。

同时，“天上”“人间”的景象相对，既是大自然中存在的一种景物，是这首词的意中之象，同时又在词人心中激起一种深沉的

情感，有一种苍茫无限的沉痛与哀愁在心头萦回。词人国破流离，痛丧夫君，种种生离死别的不幸遭遇使得词中隐有人天远隔的含意。用一生一死揭示作者生亦何其苦的心情，使人感觉分量顿时沉重起来。

所以，词的开篇就透出了天人永隔的悲怆氛围，下面“凉生枕簟泪痕滋。起解罗衣，聊问夜何其？”枕席沾上多少泪痕，就透出多少凄凉之意。

“凉生枕簟”，可能是因为天气转凉，更多的是主人公孤独凄凉心境的反映。“泪痕滋”是说眼泪流湿了枕头。枕席上泪痕斑斑，生出阵阵凉意。她从床上起来，准备解衣入睡，同时心中不禁问道：“夜到什么时候了？”这是从正面写主人公之悲。她原本是和衣而卧，说明心事万千，所谓“闷则和衣拥”。“聊问”是姑且问的意思，并不需要回答。早也好，晚也罢，对她来说，似乎都不重要。《诗·小雅·庭燎》中：“夜如何其？夜未央。”意思是夜深还未到天明。这大概是“夜何其”一语的最早出处。杜甫《春宿左省》诗云：“明朝有封事，数问夜如何。”

“凉生枕簟泪痕滋”中“枕簟”即枕头和竹席。簟席为暑天所用，点出了时令特点。这首词中的“枕簟”和“罗衣”都似有深意。如果我们不曾忘，在李清照早期所作的《丑奴儿》和《一剪梅》中都先后出现过这两个意象。

先说“枕簟”，在《丑奴儿》中有“笑语檀郎，今夜纱厨枕簟凉”。当时的李清照新婚不久，与夫君赵明诚两情欢好。“枕簟”则是一个多少有些狎昵的意象。这里的“凉”无疑是盛夏时节炎热中的清凉意，是一种快意的凉。同时，“枕簟凉”三个字无疑透出了李清照想与爱郎赵明诚共度良宵的意味。

而在后来的《一剪梅》里，赵明诚远游在外，李清照独守空闺。“红藕香残玉簟秋”中“玉簟”，指精美的竹席。“玉簟秋”也是竹席清冷的意思，但与此处的“枕簟凉”却有着完全不同的意蕴。室内的凉席未撤，但已感到它的冰凉了。这“玉簟秋”含有两层意思：一层是深秋时节的寒意；另一层是孤独寂寞的愁意，是内心深处的寒意。对于“玉簟”两种不同的触觉感受实质上是两种心境，两种际遇。在那首有名的《醉花阴》中也有“玉枕纱厨，半夜凉初透”的句子。枕席生凉，既是肌肤间的触觉，也是凄凉独处的内心感受。

而在这首《南歌子》里，夫君已经亡故，“凉生枕簟泪痕滋”已经是另一番悲怆氛围。枕簟生凉不单是说秋夜天气，而是将孤寂凄苦之情移于物象。“泪痕滋”正是所谓“悲从中来，不可断绝”。这熟悉的“枕簟”之“凉”会让她产生多少对青春美好往事的回忆，抚今追昔之际，内心又是何等纠结怆痛！

想当年，“笑语檀郎，今夜纱厨枕簟凉”，是何等旖旎，何等甜蜜！而如今“凉生枕簟泪痕滋。起解罗衣，聊问夜何其？”“枕簟”依旧“凉”，却只能任凭泪滋长。

再看罗衣，《丑奴儿》中有句云：“绛绡缕薄冰肌莹，雪腻酥香。”这是写轻薄罗衣和雪香肌肤的句子。当年正是这一身绛绡缕薄的罗衣衬出了她的青春美丽和女性魅力，让她有勇气“笑语檀郎”，邀他共枕而眠。

在《一剪梅》词中，“红藕香残玉簟秋。轻解罗裳，独上兰舟”一句再次提到了罗衣。因为是离别，情调有些低沉婉转。“轻解罗裳”是一个动作，接着是“独上兰舟”。这里我倒起了疑问：

为什么要特别提到“轻解罗裳”呢？陈祖美先生对此解释：“兰舟”在这里其实是床榻之意，故而要先轻解罗裳。

再看现在这首《南歌子》，更以罗衣为主要意象：“起解罗衣，聊问夜何其？”正是解衣欲睡时，她看到了罗衣上的图案：“翠贴莲蓬小，金销藕叶稀。”这两句直接描写罗衣上的装饰图案。按照叶嘉莹女士的解释，“翠贴”“金销”即贴翠、销金，均为服饰工艺。在衣服上用细线缝莲花饰，不见针脚叫“贴”；以金饰物叫“销金”，此指衣上花饰用金箔或金线制成。以翠羽贴成莲蓬样，用金线嵌绣莲叶纹。这不是寻常百姓穿得起的衣裳，而是官宦人家贵妇人的衣裳。这件衣裳词人一直穿在身上，在夜深寂寞解衣之际看见了，不由又生出了一番思绪，想起悠悠往事。

你看，“翠贴莲蓬小，金销藕叶稀”，这衣上用翠线缝的莲蓬，看着小了；用金线缝成的莲叶，也有些稀疏了。这里的“小”和“稀”又是何寓意呢？

在与《丑奴儿》《一剪梅》相隔数十年后，词人这里又写到罗衣应是有深意的。这旧时的罗衣是曾经与丈夫共同生活的见证。在这伤感怀人的深夜勾起了词人对种种往事的回忆。乐府民歌中有一种常见的谐音手法，即以“莲”谐音“怜”，以“藕”谐音“偶”。此时，词人睹物生情，会觉得莲小藕叶稀，这“小”与“稀”似乎在暗示时光的流逝，旧物的折损，往日恩爱渐成追忆，深沉幽微地表达了词人孀居孤苦的处境。

“枕簟”与“罗衣”在相隔数十年的词作中反复提到，其中深沉难忘的怀念之情不言而喻。而“枕簟”与“罗衣”直接与夫妻床笫恩爱之情有关，是心灵深处最隐秘、最缠绵，也最难忘的一种深刻情感。可见，词中所寓的是李清照对结发之夫赵明诚的深深怀念。

接下来的“旧时天气旧时衣，只有情怀、不似旧家时”一句更是直接写出了词人的心声。

“旧时天气旧时衣”这是一句很平常的口语，只有经历沧桑之变的人才能领会到其中所包含的许多内容，许多感情。天气是旧时的天气，衣服也是旧时的衣服，只是心情不像从前了。“旧家时”即与丈夫在一起的欢爱时刻，“绛绡缕薄冰肌莹，雪腻酥香。笑语檀郎，今夜纱厨枕簟凉。”那时，也是这样的天气，而且自己也穿着这件衣服。“旧时衣”既呼应上阕的“起解罗衣”，又交待这罗衣是以前就有的。这里三个“旧”字连用，叠字叠韵，音韵声调相谐，富有节奏感，反复吟读之间只觉字字悲咽。

秋凉天气如旧，金翠罗衣如旧，穿着罗衣的人也是从前生活的旧人，只有人的“情怀”不似旧时了！三个“旧”字，可以想到李清照对赵明诚怀念之深。想当初夫妻枕簟共眠，把酒对饮，猜书泼茶，心情何等欢畅。与今日孤苦之状对比，唯有亲身经历者才能领会其中所包含的诸多深意。这里，我们仿佛听到了主人公长长的叹息声。

李清照有一首诗《偶成》：“十五年前花月底，相从曾赋赏花诗。今看花月浑相似，安得情怀似昔时。”

这首诗中所蕴含的情感与这首词颇为相近。赵明诚卒于建炎三年（1129年），上推十五年，正是二人屏居青州时。“今看花月浑相似，安得情怀似昔时。”这一句，与这首《南歌子》中的“旧时天气旧时衣，只有情怀、不似旧家时”一句几乎是同一口吻，可见李清照对旧时情怀的感触何其深！

在词中，没有变化的是旧时衣物，是这永远周而复始的天气，

是这随着气候变幻的山川草木物象；而已经变得面目全非的则是家国天下，是亲友故人，是乱世中的幽怨情怀。只有看到这旧时衣时，才让人们感受到时代变迁的剧烈，才会有物是人非的惆怅，才会有“风景不殊，正自是河山之异”的感慨。

我们从这首词中品味到的，是一份深深的沧桑离乱之感，是在时代巨轮下挣扎着的个体生命的那种沉甸甸的悲凉与忧患。

十八、风住尘香花已尽
——女人花摇曳在红尘中

风住尘香花已尽，日晚倦梳头。
物是人非事事休，欲语泪先流。

闻说双溪春尚好，也拟泛轻舟。
只恐双溪舴艋舟，载不动、许多愁。

——《武陵春》

"风住尘香花已尽"，开篇即是苍凉语，仿佛有着无穷的人生寓意。

暮春时节，大风摧花，落红满地。风停后，花瓣飘零殆尽，委于尘土，一片狼藉。日头已高，而词人似刚醒来，慵懒倦怠，头犹未梳。想起此生遭际的种种愁苦，眼前物是人非，万般皆休，不禁悲从中来。

因金人南下，几经丧乱，曾经恩爱亲密的丈夫赵明诚早已逝世，李清照只身流落浙江金华。眼前所见的是一年一度的春景，睹物思人，物是人非，不禁悲从中来，感到万事皆休，无穷落寞，未开口说话便先流下眼泪。

这首词里的“日晚倦梳头”，我们似曾相识。在她的《凤凰台上忆吹箫》中也有“起来慵自梳头”的句子，但那是生离之愁，是一种暂时的、能够纾解的愁意。而如今举目茫茫，天人永隔，是死别之痛，是国破家亡、山河破碎之痛，是“风景不殊，正自有山河之异”的天翻地覆，情境之间差异很大。李清照有一首七绝《春残》也写的是梳头：“春残何事苦思乡，病里梳头恨最长。梁燕语多终日在，蔷薇风细一帘香。”诗中写的是暮春时病里思乡之痛，耳中有梁燕啁啾之声，鼻中远远闻到帘外蔷薇的细香。这让她蓦然想起故乡的燕子，想到了故园的蔷薇花。物是人非，悲从中来。

然而，这种“物是人非”不是发生在一时一地一人身上的，也不是偶然的、轻微的变化，而是一种变动程度十分剧烈，对一个国家的生死存亡，对每一个人的前途命运都具有根本性影响的重大变化。正如一位当代作家所说：“每个人的故乡都在沦陷。”这个时代的每一个人都被卷了进来，每一个人的命运都发生了重大变化，每个人的心灵都在痛苦中挣扎。饱经沧桑和苦难之后，一切真不知从何说起。“欲语泪先流”，她正待要说，眼泪却早已扑簌而下。说明词人内心压抑不住的悲伤之河已经决堤，悲情喷涌而来，既深且广。

“闻说双溪春尚好”，“双溪”是浙江金华的著名风景胜地，因有东港和南港两条水流汇聚于金华城南，故名“双溪”。每到春日，来双溪踏青游春的游人如织。李清照避居金华时，听说金华郊外的双溪春光明媚、游人如织，便动了出游之兴，“也拟泛轻舟”。“春尚好”“泛轻舟”语调轻松，色彩明朗，恰好表现了词人当时的喜悦心情。在“泛轻舟”之前有“也拟”二字，显出一种不确定的意绪来，可见词人出游之兴是一时所起。果然，下面两句陡然急转：“只恐双溪舴艋舟，载不动、许多愁。”这个结句写得极好，分量极重，正呼应了前面“物是人非事事休”的沉痛心绪。

这让我们不禁想起了当年济南溪亭百亩荷塘里的那只欢快的轻舟。“兴尽晚回舟，误入藕花深处。争渡、争渡，惊起一滩鸥鹭。”那时，少女李清照是多么欢快，多么有激情、有活力。那时，快要落山的太阳都仿佛被她的笑声感动，阳光染得她一身金红。

如今双溪的这只舴艋舟，却快要承载不了她心中那份沉甸甸的痛苦。

时光啊，你就这样将一个纯情活泼的少女雕刻成了一尊沉重的雕像，静静伫立在岁月之河的深处。

关于这首词另有一说。据史料记载，李清照曾经再嫁张汝舟，所托非人，后悔不已。加之流离异乡，无依无靠，故有“物是人非事事休”之句，凄苦愁深，悲悲切切。

首句“风住尘香花已尽”，狂风摧花，落红满地，均在其中，出笔极为蕴藉。让人感到一个女人最美好的东西已经失去了，青春、美貌、家庭、名誉等等。

在丈夫赵明诚去世后，李清照独自一人携带大量金石书画文物颠沛流离。其间，由于种种原因，宝贵文物再次大量丢失。李清照忽然意识到，一个孤弱女子在这乱世间闯荡漂泊，没有依靠是多么的危险和无奈。

这时，张汝舟出现了。他是夫君赵明诚的故人，以前曾经多次

到他们家造访，此时对需要帮助的李清照百般照顾。这让李清照一颗孤寂飘零的心得到了一丝慰藉。在他甜言蜜语的迷惑下，李清照感到需要有个依靠，于是不顾社会的流言蜚语，在四十九岁那年改嫁张汝舟为妻。

殊不知，这其实又是另一场悲剧的开始。李清照怎么也不会想到，张汝舟其实贪图的是她的金石书画文物和财产。而张汝舟也没想到，当年收集了大量的珍贵金石书画的李清照，如今财产已是所剩无几。这让他有受骗之感，于是态度也越来越冷淡恶劣，甚至还对她拳打脚踢。不堪受辱的李清照再次做出了一个更加惊世骇俗的决定：她愤怒地提出离婚诉讼。在那个时代，再婚、再嫁本已容易惹动飞短流长的议论，此后迅速离异就更加引起轩然大波。李清照义无反顾，毅然状告张汝舟，自己也遭受了牢狱之苦，经好心人搭救方才出狱。

这次婚姻不啻是一场噩梦。国事已难问，家事怕再提。李清照经历如此之多的纷纷扰扰，内心更加苦闷忧郁。每天对花自叹，对影自怜，像一叶孤舟在风浪中无助地飘摇。渐入暮年，她守着孤清的院落，寻寻觅觅，冷冷清清，凄凄惨惨戚戚。

此时的南宋王朝礼教意识正在深化，“饿死事小，失节事大”的女子贞操观念正在深入民间。在一些宋人笔记中对李清照再婚与离异一事也颇有风评。王灼称她“晚节流荡无归”；晁公武评价她“无节操”；陈振孙说她“晚岁颇失节”；胡仔《苕溪渔隐丛话前集》卷六十载：“易安再适张汝舟，未几反目，有《启事》与綦处厚云：‘猥以桑榆之晚景，配兹驵侩之下材。’传者无不笑之。”这些话语让我们看到了世人的冷漠。即使是对她抱有同情之心的朱彧，在慨叹“天独厚其才而啬其遇，惜哉”的同时，依然认为她

“不终晚节”。面对这样的评价，李清照不是没有预料，她知道此举将会置自己于悠悠众口的旋涡之中，“责全责智，已难逃万世之讥”“虽南山之竹，岂能穷多口之谈”。

才气纵横、人格独立的李清照在那个时代是女性中的另类，男人们大多看不惯她的个性。王灼批评她的词：“闾巷荒淫之语，肆意落笔，自古搢绅之家能文妇女，未见如此无顾忌也。”朱熹奇怪她的诗：“如此等语，岂女子所能。”甚至不少信奉“女子无才便是德”的闺中女子也不理解李清照。

陆游的夫人孙氏，“幼有淑质，故赵建康明诚之配李氏，以文辞名家，欲以其学传夫人。时夫人始十余岁，谢不可，曰：‘才藻非女子事也。’”陆游的夫人孙氏从小是个极为聪颖的女孩，眉目清秀，兰心蕙质。李清照一见之下，大是惊奇，仿佛看到数十年前那个“露浓花瘦”“倚门嗅青梅”的自己。于是，李清照爱才之心顿起，很想收她为徒，将平生所学相授。谁知这个才十多岁的小姑娘居然谢绝说：“诗词文章不是女孩子应该学习的东西。”

李清照听了也许不禁会倒吸一口凉气，心中一阵酸楚。原来在这个世界上，女子的文藻才情完全是多余的。她这一生也算年少早慧，名动京华，如今不仍落个空有才名、于事无补的结局！我想这件事对李清照也许是个很大的刺激，她曾经发出过这样的感叹：“我报路长嗟日暮，学诗谩有惊人句。”对自己的才华都怀疑和否定起来，李清照在精神上的旷世孤独可想而知。

所以到了孤苦的晚年，“物是人非事事休，欲语泪先流”，说得极其沉痛悲切。生活中曾有的美好皆已丧失殆尽，无一留存，深感悲凉。

也许，这正是她此时内心感受的真切流露。而“只恐双溪舴艋

舟，载不动、许多愁”，也正是她晚年心境的真实写照。这个世界上已经没有一个人能读懂她的心。她茫然地行走在深秋落叶黄花中，渐行渐远……

今夜梦中，愿借一汪春水到双溪，只见那位饱受流离磨难的女子静静地坐在那双溪舴艋舟中。那双溪里流的可曾是水？分明是词人盈盈流不尽的辛酸泪！

“风住尘香花已尽”，是的，有道是“开到荼蘼花事了”。此时的李清照历经尘世颠簸，心如古井，苦如酽茶。

“万古长空，一朝风月”，人世间走一遭也无非就是这样。

落日熔金，暮云合璧，人在何处。
染柳烟浓，吹梅笛怨，春意知几许。
元宵佳节，融和天气，次第岂无风雨。
来相召，香车宝马，谢他酒朋诗侣。

中州盛日，闺门多暇，记得偏重三五。
铺翠冠儿、捻金雪柳、簇带争济楚。
如今憔悴，风鬟霜鬓，怕见夜间出去。
不如向，帘儿底下，听人笑语。

——《永遇乐》

这首词是元宵节时的一个意绪片断，词中意象充满了一种回忆与感伤的色彩。

是的，写这首《永遇乐》时，饱经忧患的李清照已经不算年轻

了。这一点，她自己也时时感觉得到。所以，她开始有了一种苍凉的心态，开始有了上了年纪的人喜欢回忆往事的习惯。

那是南宋时的正月十五，一个元宵佳节的傍晚。西天渐渐沉下去的落日显得那么浑圆、遥远、苍茫，它的光辉将云霞染成一片红彤彤、金灿灿的色彩，像被熔化的金子。而此时在另一边，暮色却像从天空撒落的层层轻纱，从四面围向那刚刚升起来的一轮圆月。那月亮又大又圆，显得异常皎洁、美好，就像是一块晶莹澄澈的美玉。

这景象看上去既熟悉又陌生，隐隐像是前世的记忆。李清照的心头忽然感到了一丝痛楚和落寞："我这是在哪里？"

是啊，这里是我的家园吗？我终将客死在这异乡吗？这真是情怀惨淡的一问，曾经在繁华世界度过多少个热闹元宵节，而今却痛感"物是人非事事休"的沧桑一问。这是一个饱经丧乱的人在似曾相识的情景面前一时的心理活动。看似突兀，实则含意丰富。

眼前这初春的柳树已经葱茏如烟，梅花却开始凋谢，晚风中传来一阵阵《梅花落》的清悠笛声。这笛声悠扬而动听，却时时显出几分凄楚，几分哀怨，在不经意间触动人们最敏感、最柔弱的情怀，让人心头无端生出惆怅。

当年李太白在黄鹤楼头曾经听过这笛声："一为迁客去长沙，西望长安不见家。黄鹤楼中吹玉笛，江城五月落梅花。"旅人迁客听到的笛声总是别有一番滋味在心头。她不禁叹息："春意知几许。"这时节到底能有多少春意可言啊？不管有多少春意，自己还有心情去欣赏吗？这种感叹正是历经尘世颠簸者垂暮之年的心境。

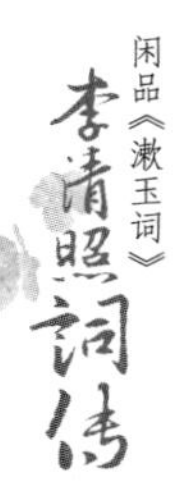

在这日落月升、元宵灯会即将开始的时候，天气十分暖和，但谁知会不会又突然来一场风雨呢？那平日里的酒朋诗侣们乘着香车

宝马前来相邀，却也只得婉言相谢。“元宵佳节，融和天气”一句，也许正是邀请她外出的人说的：“元宵佳节这么热闹，还碰上难得的好天气，到外面玩玩吧！”李清照是怎么想的呢，“次第岂无风雨”。难道不会忽然来一场风雨吗？这时候，她的心情实在不便明说，只好这样婉言相谢。然而，我们又从这话中体味到了已近晚年的李清照那种饱经忧患、谨慎疑惧的心态。是啊，人已经不年轻了，没有过去年轻时的那个心境，时常担心天有不测风云，她已经禁不起风雨折腾了。

“中州盛日，闺门多暇，记得偏重三五”，当年大宋京都汴梁全盛之日，闺中女子们都有很多的闲暇时间，人们都很重视一年一度的元宵佳节。年轻的女孩子们戴着装饰着翠鸟羽毛的女式帽子，头上戴着捻着金线的雪柳头饰，穿戴打扮得时尚又漂亮。而年轻的李清照自然是她们中间的一个。据《大宋宣和遗事》记载，“从腊月初一直点灯到正月十六日”，真是“家家灯火，处处管弦”。其中提到宣和六年正月十四日夜晚的景象：“京师民有似云浪，尽头上带着玉梅、雪柳、闹蛾儿，直到鳌山看灯。”孟元老的《东京梦华录》“正月十六日”这一条目也有类似的记载，可见当年的盛况。

然而，现在的李清照却已经历经岁月沧桑，容颜十分憔悴，鬓角也透出丝丝霜雪般的白发。加上已经无心打扮修饰，懒得夜间出去和年轻人凑热闹了。（“怕见夜间出去。”“怕见”，张相《诗词曲语辞汇释》：“凡云怕见，犹云怕得或懒得也。”）“不如向，帘儿底下，听人笑语。”像她这样经历过大风大浪的人，对这样热闹的景象有种本能的躲避。她已经没有心情、没有愿望出去玩儿了。倒不如在窗帘下听那路人的欢声笑语，感受一下节日气氛，聊慰平生。

结束得好像很平淡，可是在平淡中却包含了多少人生的感慨！

这首《永遇乐》是叙述作者晚年在临安的一段生活。一时偏安江南的南宋又出现一片升平景象，在过节的日子里，人们又可以热闹地玩乐了。此词述说在元宵节，李清照不愿与来邀的朋友到外面游玩，宁肯待在家里听人家笑语。事情本来琐碎，可是通过这样一些微细情节，却十分深沉地反映了李清照晚年历尽沧桑后的悲凉心境。

“不如向，帘儿底下，听人笑语”一句尤令人心酸。帘外即是人来人往的街道，人声喧哗。可见李清照已不复当年贵妇深闺的生活环境，而是潦倒于寻常巷陌，与市井人家无异。面对现实的繁华热闹，她却只能在隔帘听取路人的笑语声中聊温旧梦，重忆流年，这是人生中何等悲凉的晚景！李清照这种浓厚的今昔盛衰之感和个人身世之悲，每每令当时具有同样人生际遇的人产生强烈共鸣和感动。南宋著名词人刘辰翁每诵此词必会“为之涕下”。他说：“余自乙亥上元诵李易安《永遇乐》，为之涕下。今三年矣，每闻此词，辄不自堪。”

今天读起来，却常常让我想起法国女作家玛格丽特·杜拉斯名作《情人》的开篇：

“我已经老了，有一天，在一处公共场所的大厅里，有一个男人向我走来。他主动介绍自己，他对我说：‘我认识你，永远记得你。那时候，你还很年轻，人人都说你美。现在，我是特为来告诉你，对我来说，我觉得现在你比年轻的时候更美。那时你是年轻女人，与你那时的面貌相比，我更爱你现在饱经沧桑的面容。’

“这个形象，我是时常想到的；这个形象，只有我一个人能看到；这个形象，我却从来不曾说起。它就在那里，在无声无息之中，永远使人为之惊叹。在所有的形象之中，只有它让我感到自悦自喜，只有在它那里，我才认识自己，感到心醉神迷。”

是的，当年美艳风流的少女杜拉斯老了，“绿肥红瘦”的少女李清照也老了。

在隐隐的泪光里，我好像看到那个曾经在溪亭荷花间晃动的美好、活泼的少女身姿，那个曾在东篱菊花间徘徊的红颜倩影，如今正变得苍老而忧郁。

我心中的美神，正在缓缓地老去，那黯然的背影正在慢慢走向时光的深处。

面对着即将沉落的橙红色的夕阳，我在窗前一字一句地吟咏着这首《永遇乐》，仿佛听见内心的冰川在无声地坍塌。冰冷的泪水无声地从脸庞划过，像流星划过忧伤的天空。

十九、终日向人多酝藉
——生如夏花，最后无声地谢幕

年年雪里，常插梅花醉。
挼尽梅花无好意，赢得满衣清泪。

今年海角天涯，萧萧两鬓生华。
看取晚来风势，故应难看梅花。

——《清平乐》

这又是一首咏梅词，也是李清照流传于世的最后一首咏梅词。

这首词依次描写作者在少年、中年和晚年三个不同的生活阶段中赏梅的不同情致。少年时赏梅醉酒、中年时对梅流泪和晚年时无心赏梅，从中写出时代的变迁和词人个人生活情境与心态的巨变，梅花伴随着她走过整个人生历程。

“年年雪里，常插梅花醉。”这两句写的是早年赏梅的情致，表现出少女的纯真、欢乐和闲适。李清照自少女时代起就喜爱梅

花，早年写下的咏梅词《渔家傲》有句云：

雪里已知春信至。寒梅点缀琼枝腻。香脸半开娇旖旎。当庭际。玉人浴出新妆洗。

造化可能偏有意。故教明月玲珑地。共赏金尊沉绿蚁。莫辞醉。此花不与群花比。

那时的李清照年轻、美丽、活泼、聪慧、心高气傲，所以在词中表现出来的是一种清丽妖娆的风格，是一种卓然独立，甚至有些孤高不群的个性气质。

“红酥肯放琼苞碎，探著南枝开遍未。不知酝藉几多香，但见包藏无限意。”（《玉楼春》）“春到长门春草青，江梅些子破，未开匀。”（《小重山》）“手种江梅更好，又何必、临水登楼。无人到，寂寥浑似，何逊在扬州。”（《满庭芳》）这些都以梅花写出了不同时期的赏梅感受，写出了词人的心路历程：少女时代的激情与欢乐，中年的幽怨，晚年的孤寂。词意含蓄蕴藉，感慨深沉。

“挼尽梅花无好意，赢得满衣清泪”，这是到了晚年时的心绪。折得梅枝在手，却无好心情去赏玩，只是漫不经心地揉搓成片片碎瓣，年少不知愁时的那种惜花闲情已经消失了。赏梅时触景生情，激起了更深、更痛的伤感与愁苦。梅花还是昔日的梅花。花相似，人不同，心境迥异，物是人非，使人不禁“满衣清泪”！

李清照婚后生活美满幸福。但是，时常发生的短暂离别使她尝尽离愁别苦。在婚后六七年的时间里，李赵两家相继罹祸，紧接着就开始了长期屏居乡里的生活。此后更是国破家亡，流离南方，生活的坎坷使她屡处忧患，饱尝人世艰辛。当年那种赏梅的雅兴大减。这两句写的就是词人历经沧桑后的晚年独居生活，表现的是一种百无聊赖、忧伤怨恨的情绪。

“今年海角天涯，萧萧两鬓生华”，这里面包含着几多辛酸和哀愁。词人南渡后，特别是丈夫去世后更是颠沛流离，沦落飘零。生活的折磨使词人很快变得憔悴苍老，头发稀疏，两鬓花白。“今年海角天涯”一句隐隐透露出李清照南渡过后一路颠沛流离的经历。建炎三年（1129年）春，金人大举入侵南宋，宋高宗从扬州一路南逃，四月到临安（今浙江杭州），九月逃到平江府（今江苏苏州），十月到越州（今浙江绍兴市越城区），十二月到明州（今浙江宁波），最后航海逃向温州、台州（今浙江临海）。一路追赶朝廷的李清照也身携大量文物逃至台州。后又从陆路逃至奉化，雇船出海一路奔至衢州。此时，李清照身处滨海之地，一路凄惶疲惫。亡国之痛、丧亲之悲一齐涌来，赏梅的闲情当然被“满衣清泪”所代替。

“看取晚来风势，故应难看梅花”一句，看来晚上要刮大风，一夜风雨后梅花就会凋零败落，明天会难以赏梅了。这里的“晚来风势”既是自然界里的“风势”，令人寒骨，同时也是天下的“风势”，即倾颓的“国势”，寄寓着词人为国势衰颓而担忧的心绪。

从“年少不知愁”的少女时代，到“萧萧两鬓生华”的晚年，李清照与梅花结下了一世情缘，梅花宛然就是她一生遭际的隐喻。

读这首词，让我想起了蒋捷的那首《虞美人·听雨》：

少年听雨歌楼上，红烛昏罗帐。
壮年听雨客舟中，江阔云低断雁叫西风。

而今听雨僧庐下，鬓已星星也。

悲欢离合总无情，一任阶前点滴到天明。

蒋捷生于南宋末年，本是皇室宗亲。少年时享尽荣华富贵，笙歌达旦。咸淳十年（1274年），为南宋进士，经历了几年官宦生涯。祥兴二年三月十九日，陆秀夫背幼帝投海殉国，南宋遂亡。他深怀亡国之痛，隐居不仕，气节为时人所重。他长于词，多抒发故国之思、山河之痛，风格多样，而以悲凉清俊、萧寥疏爽为主。

蒋捷笔下，年少的轻狂，壮年的劳顿，晚景的凄凉，历经诸多坎坷，终化作听雨僧庐下，一声看似平静却断肠的轻叹："悲欢离合总无情。"长夜无眠，寒意难挡，听那阶前点滴的，岂是暮雨，又何尝不是国破家亡却无可奈何的辛酸泪！

史书上说，蒋捷生性不喜交游，或其对孤独体验至深。此词中，"客舟""江阔""云低""断雁""鬓已星星"，读来莫不让人肠断，人生仿佛在这短短五十六个字中写尽。

他的这首《虞美人·听雨》和李清照这首咏梅词相仿，都是对人生和命运的回顾和感慨，一样的岁月沧桑，一样的命运无常，一样的深沉悲凉。

一生一世，一肩风雪，最终只落得这一枝梅，一杯酒，一阕词。

寒日萧萧上锁窗，梧桐应恨夜来霜。

酒阑更喜团茶苦，梦断偏宜瑞脑香。

秋已尽，日犹长。仲宣怀远更凄凉。

不如随分尊前醉，莫负东篱菊蕊黄。

——《鹧鸪天》

这是一个深秋的晴日。

看去没有多少温度的太阳渐渐升高，薄薄的光线慢慢爬上窗棂。李清照眯着眼睛，看窗外灰白朦胧的光，久久地注视着那缓缓移动的日影。只见那带着寒意的阳光透过锁窗，洒落在室内。此时透过窗棂，她看见庭院里在瑟瑟秋风中的梧桐树，经过“夜来霜”已落尽了叶子。“萧萧”是萧条、寂寞之意。“锁窗”是雕有连锁图案的窗棂。

寒日萧萧是清照内心的主观感受，日色偏冷，带着一种萧索的寒意。“梧桐应恨夜来霜”，梧桐树本是无情之物，入秋时落叶萧萧，让人顿生愁苦之意，“恨”也实是词人内心之怨意。在李清照的《行香子·七夕》中有句云：“草际鸣蛩、惊落梧桐、正人间天上愁浓。”《忆秦娥》中也写到了梧桐：“西风催衬梧桐落。梧桐落。又还秋色，又还寂寞。”可见，在清照的词中，梧桐树与秋色是和寂寞联系在一起的，是一种代表寂寞和离愁的意象，是一种词人主观情绪的投射影像。这种主观情绪的投射，使人想到杜甫名作《春望》中的句子：“国破山河在，城春草木深。感时花溅泪，恨别鸟惊心。”人的心绪状态使自然界的风物也有了强烈的情绪色彩。

“酒阑更喜团茶苦，梦断偏宜瑞脑香”，这两句是说昨夜以酒浇愁喝得过多，今晨醒来便思饮浓酽苦涩的团茶；从梦中醒来时闻到瑞脑的香味感到很惬意。“团茶”就是茶饼，宋代有为进贡特制的龙团、凤团，印有龙凤纹，非常名贵。我们在《小重山》中也读到过这种茶：“碧云笼碾玉成尘，留晓梦，惊破一瓯春。”我们也还记得在淄州，夫妻二人沏来小龙团茶一边细品，一边展玩难得的书法真迹，一直到深夜时分。现在，晚年的李清照在酒阑时分也爱这团茶的清香与苦涩，满含着一种对过去岁月的追怀与留恋。

“瑞脑”又叫龙脑，以龙脑木蒸馏而成，是种名贵的熏香，一再出现在李清照的词中：“淡荡春光寒食天，玉炉沉水袅残烟”“薄雾浓云愁永昼，瑞脑销金兽”“玉鸭熏炉闲瑞脑，朱樱斗帐掩流苏”“香冷金猊，被翻红浪，起来慵自梳头”“归鸿声断残云碧。背窗雪落炉烟直”等等。作为闺中常用之物，这种香陪伴李清照一直到暮年。袅袅烟香里，当年清纯的闺中少女变成了新嫁少妇，最后历经种种离乱变成了两鬓萧萧的老人。

词中的“酒阑”说明李清照以酒浇愁已成常事，但已不是她年轻时饮酒的情调，“共赏金尊沉绿蚁。莫辞醉。此花不与群花比”（《渔家傲》），而是“故乡何处是？忘了除非醉”（《菩萨蛮》）。而“梦断”也似有深意，词人所作何梦？应是“酒醒熏破春睡，梦远不成归”（《诉衷情》），“空梦长安，认取长安道”（《蝶恋花》）。

可见，这二句写的是寻常事，看似不经意，却浓缩了人生中诸多时光回忆的积淀，蕴含了深深的沧桑与愁苦。

“秋已尽，日犹长。仲宣怀远更凄凉。”秋天已尽，但她仍感到白昼的时间是那样漫长。秋冬白天本已比春夏时短，但词人却觉得“犹长”，可见她那寂寞中度日如年的愁绪之深。“仲宣怀远更凄凉”，王粲，字仲宣，东汉末年文学家，为“建安七子”之一。董卓当政时天下大乱，他避居荆州，依附刘表，怀才不遇。登当阳城楼有感，作《登楼赋》，抒发了滞留他乡、怀才不遇之情。有“虽信美而非吾土兮，曾何足以少留”“情眷眷而怀归兮，孰忧思之可任”等句。这里李清照以王粲登楼思乡的典故，寄托了自己生逢乱世流徙他乡的思乡之情。仲宣怀远，犹有归时，而自己一个孤老弱妇南渡以来在吴越间流离颠沛，回乡之想今生可能无望。这两句透露出词人孤身漂泊，思归不得的幽怨之情。深秋思乡，心情自然更加凄凉。

结句“不如随分尊前醉，莫负东篱菊蕊黄”，时当深秋，篱外秋菊盛开，金色的花瓣光彩夺目，使她不禁想起晋代诗人陶潜“采菊东篱下，悠然见南山”的诗句，自我宽解起来：归家既是空想，不如对着杯中美酒尽兴痛饮，莫辜负了良辰秋光。“随分”犹云随便、随意。这里的“不如随分”，既是无可奈何的宽慰之辞，也是随缘尽分、随遇而安的自我劝解。与其在怀乡惆怅中度日，不如依旧开怀畅饮一醉方休，不要辜负了眼前盛开的菊花。

这首词透露了晚年李清照处世心态的微妙转变。

李清照的这首词是其晚年流寓吴越时所作。

锦瑟流年，韶华时光，在她身边如水流逝。而她早已不再是那个“和羞走，倚门回首，却把青梅嗅”的青涩小姑娘，也不是那个“莫道不销魂，帘卷西风，人比黄花瘦”的青春少妇。“思君令人老，岁月忽已晚”，只是轻轻一个眨眼，一个转身，岁月就流逝了。我们的词人已经垂垂老矣！此时的她既失去了故国和故乡，又失去了至亲的亲人，成了一个“孤舟嫠妇”，不幸和痛苦始终如影随形地伴随着她。所以这首词从醉酒写乡愁，悲慨有致，凄婉情深。

同时值得注意的是，李清照饱经忧患沧桑，心态也渐趋成熟平和。“寒日萧萧上锁窗，梧桐应恨夜来霜。”这是一幅梧桐寒日图，清旷而萧瑟，却并不显得消沉颓废。她在叹息“秋已尽，日犹长。仲宣怀远更凄凉”的同时，却也有了“不如随分尊前醉，莫负东篱菊蕊黄”的随遇而安心态。很多评论家在解释此词时，多认为是词人在强颜欢笑，是以笑写哭，以乐写悲。我却不这么认为，我

觉得应当换一种思路来看待晚年的李清照。

“酒阑更喜团茶苦，梦断偏宜瑞脑香”，一个“喜”字和一个“宜”字表现出了暮年词人冲和随喜的淡泊心态。晚年的李清照历经诸种生离死别、世事沧桑，似乎已经“不以物喜，不以己悲”了，在清香、微带苦涩的茶味中，在袅袅升起的瑞脑香烟中，她悟到了世间的某些人生真谛，找到了内心的平静，找到了在尘世沧浪之水中濯缨濯足、载浮载沉的某种乐趣。对于那些已经流失的金石文物，当初曾让她痛心疾首，感到有负亡夫的嘱托，但如今也已经看开了，“楚人遗弓，楚人得之”。只要还留存在人间，在宋人手中，未必一定要在自己手中。如此一想，天地为之一宽，胸襟怀抱一派霁月光风。

古诗云：“思君令人老，岁月忽已晚。”在秋日的晨光中，寒日萧萧，雾影迷蒙，霜迹斑驳，岁月就是这样一点点地蒸发，悄然无踪。我们的女词人就在这个初秋被霜染得发白的日光中，眼中流淌着往日的青春记忆。一回头看见镜子中的自己，丝丝鬓发已如霜白，惊觉“岁月忽已晚”，却只得苦笑着安慰自己“努力加餐饭”（《古诗十九首·行行重行行》），越发珍惜这人生细节中包含的快乐与欣悦，酒后的团茶苦味，梦醒后的瑞脑香气，都让她有一种怡然之乐。

正是由于晚年的李清照在大悲恸、大寂寞中形成了这样冲和的心态，我们才看到了她性格中柔韧坚强的一面，悟出她后半生饱经忧患，却仍能以古稀之龄走完一生的某些人生智慧与勇气。

看来，那个曾经悲悲切切、“人比黄花瘦”的柔弱女子，在人生的种种逆境与磨难中并不像我们想象中那样脆弱。自小天赋极高、才情过人的乱世红颜李清照比我们想象的要更加柔韧而坚强。

就像看似娇柔的梅花，弥天风雪过后，花香却更加浓郁，花色更加明艳，笑容也更加冲和、淡定。

病起萧萧两鬓华，卧看残月上窗纱。
豆蔻连梢煎熟水，莫分茶。

枕上诗书闲处好，门前风景雨来佳。
终日向人多酝藉，木犀花。

——《摊破浣溪沙》

人是经不起时光雕刻的，度尽劫难后归于平淡的李清照真的老了。李清照晚年多病，这首词写的就是她养病生活的一个片断，情怀闲适，心境淡泊。

“病起萧萧两鬓华”，起句便有一种苍凉感扑面而来。李清照到了晚年曾经长期卧床不起，但此刻已能下床活动了。“萧萧”是头发花白稀疏的样子。也许因为一场大病，使她的两鬓头发白了许多，而且显得有些稀疏。这一句让我们眼前出现一个晚年多病、两鬓斑白的老妇形象。人们很难相信，她就是曾经名动京华、锦心绣口的李清照，就是那位以梅为友、心比天高的李清照。

然而，岁月不饶人，她已经老了。大病初愈，显得更加憔悴苍老，头发稀疏，两鬓飞霜。“卧看残月上窗纱”，到了夜间，弦月初上。大病初愈的女词人静静地卧在床上，看着窗外的残月，看着那弯清光洒满纱窗，此时的她心情闲适而散淡。

“豆蔻连梢煎熟水，莫分茶。”这句词以老年人的口吻，表现的是词人晚年生活的细节，有浓郁的生活气息。说的是她病愈后仍需悉心调理，于是她很有兴致地煎茶、分茶，表现出了对生活依然热情不失。“熟水”是宋人常用的饮料。“分茶”则是宋人以沸水冲茶而饮的一种方法，“碾茶为末，注之以汤，以筅击拂”，在宋代颇为流行。宋朝杨万里《澹庵坐上观显上人分茶》中说：“分茶何似煎茶好，煎茶不似分茶巧。”陆游也有诗云：“晴窗细乳戏分茶。”这里的“莫分茶”是指病人此时所饮用的不是“分茶”，而是用连枝带梢的豆蔻煎成的熟水，以药代茶。“豆蔻”为植物名，种子有香气，可入药，性辛温，能祛寒湿，和脾胃。

“枕上诗书闲处好，门前风景雨来佳。”大病初愈，闲居无事，枕边摆放着诗书，随意翻翻当作消遣。门前的风物景象在风雨来时更为明净、清新，那雨中的景致，却也较平时别有一种情趣，令人心旷神怡。病闲时看书、吟诗、赏景，一个“好”字、一个“佳”字写出此时李清照的闲适散淡心态。俞平伯说这两句“写病后光景恰好。说月又说雨，总非一日的事情。”（《唐宋词选释》）

“终日向人多酝藉，木犀花。”“木犀花”即桂花，显然词中所写的境况是中秋前后。前面可知，李清照对桂花是格外高看一眼的，年轻时曾有一首《鹧鸪天》专门写桂花，“自是花中第一流”“画栏开处冠中秋”，对桂花可说是青睐有加。不过那个时候的李清照还是心高气傲，笔下的文字也透出一股清高劲儿。后来又有一首《摊破浣溪沙》咏桂花，因思念远方的丈夫，怪桂花“熏透愁人千里梦，却无情”，此时的桂花与相思联系在了一起。现在老了，多病，待心境闲适下来，看到桂花，闻到花香依然感到了一丝愉悦和慰藉。

自己终日看花，却说花终日“向人”，把桂花拟人化了，变得似解人意、多情动人。“酝藉”一词让我们想到了《鹧鸪天》里的“暗淡轻黄体性柔，情疏迹远只香留”，桂花蕊小淡黄，芬芳徐吐，那种温雅清淡、馨香内蕴的风度，真当得上“酝藉”一词，十分传神。同时，“酝藉”一词意为含蓄而不显露，宽和而有涵容，常用来形容学问渊深、胸怀宽博、待人宽厚的君子之风。如《隋书·儒林传·元善》：“善之通博，在何妥之下，然以风流酝藉，俯仰可观，音韵清朗，听者忘倦，由是为后进所归。”《旧唐书·权德舆传》称权德舆“风流酝藉”。“终日向人多酝藉”写的是桂花，但我们想到的是李清照的一生，想到的是她兰心蕙性、金玉之质的人格精神，想到的是她清丽其词、端庄其品的才华与气质，想到的是她历经沧桑之后“不怨天、不尤人”、平和酝藉的心态。

这首词格调轻快，心境怡然，语言朴素自然，多用白描，情味深长，与李清照晚年其他作品情致多有不同。显然，李清照在生命接近终点时，心境反而变得澄明、恬静。

是的，人的一生在最后谢幕时，应当是这样子的，淡定、闲适、无怨无悔，有尊严地向这个世界道别，然后无声地离开。

就像那一枝桂花，只给世界留下淡淡的馨香。

李清照去世的年月并没有确切的记载。根据陆游《夫人孙氏墓志铭》中所言，约是在绍兴二十一年（公元1151年）去世的。也有学者认为李清照在七十三岁左右辞世。终其一生，幸与不幸都系于一身，其间大喜大悲，大起大落，令人感慨。而她的才华与个性却因一册《漱玉词》而流传后世。

我想，李清照的词作大概可以分为三种：

第一种是墨写的，那些在轻松快乐中形成的文字，多属年少不知愁或新婚浓情蜜意时抒发性情之作。“水光山色与人亲，说不尽、无穷好”“斜飞宝鸭衬香腮，眼波才动被人猜”“和羞走，倚门回首，却把青梅嗅”“云鬓斜簪，徒要教郎比并看”等等均是此类。

第二种是泪写的。描写在生活中遭遇到的一些挫折和痛苦，和亲人朋友离别时的依依不舍等。“花自飘零水自流，一种相思，两处闲愁。此情无计可消除，才下眉头，却上心头”“莫道不销魂，帘卷西风，人比黄花瘦”“更谁家横笛，吹动浓愁”“独抱浓愁无好梦，夜阑犹剪灯花弄”等均属此类。

还有一种是血写的。那些因整个时代发生的巨大裂变，致使国破家亡，流离失所；那些足以让人撕心裂肺的生离死别，那些让人的心灵受到极大震撼的重大事变，都使人的情神状态呈现出一种异常状态，这时写下的文字，笔笔都带着泣血的呐喊和悲怆。如“谁怜憔悴更凋零。试灯无意思，踏雪没心情”“醉莫插花花莫笑，可怜春似人将老”“故乡何处是？忘了除非醉”“寻寻觅觅，冷冷清清，凄凄惨惨戚戚”“这次第，怎一个愁字了得”。

李清照的《漱玉词》里，墨写的、泪写的、血写的兼而有之。上天赐予李清照这样的红颜女子以美貌和才华时，也赐予她一生颠沛流离的命运。

“行行重行行，与君生别离。”

“思君令人老，岁月忽已晚。”

曾经的岁月，逝去了，永不再来。只有孤单的影子伴随着她在无边的寂寥中，垂垂老去。红颜薄命，情何以堪？

透过将近千年的迷蒙烟雨，好似又见到那美丽多情的女词人，在藕花深处戏水争渡，在夕阳秋风中把酒赏菊，在绣帘西窗下聆听梧桐细雨，在凄风苦雨中踽踽独行……迟暮的红颜，哪怕在向晚的光阴里也活得从容而淡定，在时光中闻得到一种甜美和清淡的气息。在她红袖飘扬的一转身间，我们的眼中满是她风华绝代的身影……

千载之下，读完一部《漱玉词》。掩卷时，止不住两行清泪。

窗外，开始飘雨，落雪。

耳畔却始终低徊着一首经典的流行歌曲《水中花》：

凄雨冷风中
多少繁华如梦
曾经万紫千红
随风吹落
蓦然回首中
欢爱宛如烟云
似水年华流走
不留影踪

我看见水中的花朵
想要留住一抹红
奈何辗转在风尘
不再有往日颜色
我看见泪光中的我
无力留住些什么

只在恍惚醉意中
还有些旧梦

这纷纷飞花已坠落
往日深情早已成空
这流水悠悠匆匆过
谁能将它片刻挽留
感怀飘零的花朵
尘世中无从寄托
任那雨打风吹也沉默
仿佛是我

参考书目

[1] 陈祖美. 李清照评传 [M]. 南京：南京大学出版社，2001.

[2] 侯健、吕智敏. 李清照诗词评注 [M]. 山西教育出版社

[3] 诸葛忆兵. 李清照与赵明诚 [M]. 中华书局

[4] 王仲闻. 李清照集校注 [M]. 人民文学出版社

[5] 沈祖棻. 宋词赏析 [M]. 北京出版社

[6] 康震. 康震评说李清照 [M]. 中华书局

附：　　　七绝　读易安词三题

孟斜阳

绿肥红瘦问春愁，
汀草萍花叹不休。
儿女情怀无限意，
水光山色好清秋。

扶头酒醒日生烟，
险韵诗成弄管弦。
庭雨来时无意绪，
重门深闭送流年。

南渡风急一望秋，
烟波万里起新愁。
故园回首胡尘乱，
满目潇潇雨雪稠。